# 浅遇拾光

赵福荣 著

北方文艺出版社

**图书在版编目（CIP）数据**

浅遇拾光 / 赵福荣著. -- 哈尔滨 ： 北方文艺出版
社，2024.8. -- ISBN 978-7-5317-6281-2

Ⅰ．I267

中国国家版本馆CIP数据核字第20246LX530号

# 浅 遇 拾 光
QIANYU SHIGUANG

作　者/赵福荣

责任编辑/王　爽　　　　　　　　　特约编辑/陈长明
装帧设计/汲文天下

出版发行/北方文艺出版社　　　　　邮　编/150008
发行电话/（0451）86825533　　　　经　销/新华书店
地　址/哈尔滨市南岗区宣庆小区1号楼　网　址/www.bfwy.com

印　刷/河北赛文印刷有限公司　　　　开　本/880×1230　1/32
字　数/188千字　　　　　　　　　　印　张/8.375
版　次/2024年8月第1版　　　　　　　印　次/2024年8月第1次印刷

书　号/ISBN978-7-5317-6281-2　　　　定　价/68.00元

# 一树梨花香自来（代序）

王雅鸣

赵福荣老师准备出一部作品集，嘱我写一篇序言。

说实话，几十年来对赵老师没有什么特别的印象，在滨海写作圈子里，几乎没见过她的身影。若干年后，拿到了她洋洋20余万字的散文集《浅遇拾光》，我在吃惊的同时又心生敬佩之情。

读罢她的散文集，我忽生这样一种感慨：有的人默默无闻，但毕生都在默默地为自己的文学梦而不懈追求。赵老师就是这样的人。

听她讲，这些作品皆为她在进入中年后，以草木本心、心悦其、风含笑等笔名在其博客或主持的各网站专栏中发表的，拥有大量的拥趸。对于这些散落于互联网各个角落的作品，她从没系统地整理过，更没想到有一天会结集出版。着手搜集、整理时，她发现许多作品或被人改头换面，或被张冠李戴，署上他人之名到处发表。在愤懑和无可奈何之下，她下决心将作品辑成一个散文集，以纪念自己经年来为这些文字所付出的心血和努力。

这部集子收录的作品庞杂，虽然带有明显的网文痕迹，但真实记录了作者从少年到中年的心路历路。这里有对自然风物的描写和吟咏，有对大好河山的描绘和遐思，有对亲情友情的追忆和回味，更有对美好的爱情生活的向往和憧憬。

尤其是对春夏秋冬的描述，让人感知的不仅仅是气候变化对人的情感的微妙映照，更体现了人与自然和谐并存的全新理念。这些散发着浓烈情感的作品，行文流畅，意境悠远，文字清丽，深邃空灵。她善于将人与自然和谐共处的观念贯穿于字里行间，提升了作品的高度。正如《秋，瞥见的美》中所写："也许就是这样，在春，在夏，在年少，在花季，它平庸得毫不引人注目，而到了暮年，蕴蓄许久的能量迸发，浑身金灿灿，那一刻，所有人把热切的目光投向它……"这些颇富哲理、思绪飘逸的思辨之作，是对秋韵的一种升华，既是秋的咏叹调，也是对秋的至高礼赞！

在人生机遇面前做出抉择，这是每一个站在十字路口的人必须面对的。在《若让我选择，我仍选择独自前行》中，她做出了坚定的回答："独自前行，有独自的风景，风景里少了嘈杂，多了一份宁静。生活中有无数次机会与选择，我不会放弃，每一次我会选择勇敢地面对，选择独自前行，因为没有一个人会永远不离不弃地陪你，更不会在任何时候选择永不背弃。"我想，这也许就是作者选择天马行空的理由，更是当下进行挫折教育时应该上的一课。这种顿悟，让作者在职场和日常生活中时常警醒和砥砺自己，从而独善其身，游刃有余。

亲情是创作中的一个永恒的主题。她既是女儿，又是母亲，亲情弥散在日常琐碎、庸常的生活之中。回首过去，珍惜并拥有这种亲情至关重要。作者在进入中年之后感受到这种心境，于是怀着一颗感恩的心，加倍珍视和善待身边的人和物。

《把吻献给最亲爱的人》，应是作者写得较为用心的一篇佳作。作者如实记述了母亲节那天，她不仅想要给母亲买一束鲜花，还想送给母亲一个吻。从这个突发的奇想切入，但又在吻的具体环节上游移不定，缺少勇气。是的，对我们这个以含蓄、内敛著称的民族来说，献上一个吻，不仅显得有些矫情、做作，还让人觉得有些唐突。作者却这样做了，且收到了意想不到的效果。于是，"整个晚上，平时最爱唠唠叨叨的妈妈，很少说话，但我能体会到妈妈快乐的情绪。这一吻，对于妈妈的触动，应该远胜于其他任何贵重的礼物。其实多么容易的举动，多么容易达到的满足，而我们却常常忽略。一个小小的礼物，给妈妈带来的幸福感，一直萦绕在我们周围"。

作者运用白描手法，叙述波澜不惊，情节细致入微，推进丝丝入扣，将为母亲送吻的诸多细节，特别是母女的对话、父亲的调侃，女儿想放弃又不甘心的微妙心理，真实地还原出来，感情真挚，情绪饱满，令人感动。母亲是愉悦的，女儿是幸福的。

同样，在写到父爱如山时，作者倾注了丰沛的情感，父亲生前的点点滴滴都让人不能忘怀，历历在目。斯人远去，只余回忆，痛彻心扉，此后"便纵有千种风情，更与何人说"。

前期作品中往往可见欧式的语言、冗长的句式、忧郁中的纾解、自娱中的摸索，小资情调也显而易见，且带有蹒跚学步的痕迹，这是网上信马由缰的自由写作状态的一种呈现。而后期对亲情、友情、爱情的颂扬和思考，则更让人感受到人间烟火的弥足珍贵，回味绵长，能够起到潜移默化的教化作用。

印度诗人泰戈尔说过："天空不曾留下鸟的痕迹，但我已飞过。"作者在艰辛的创作道路上笔耕不辍，这种执着难能可贵。至于评价与反响，就留给时间了。

　　河西公园有一片开阔地，绿草茵茵，一棵高大的梨树每逢花期就兀自绽放，暗香弥散。人们趋之若鹜，争相观赏它的盛放。文学亦如此，沉寂中勃发，繁茂中绚烂。在这里，我们期待赵老师创作丰收，再上层楼！

　　（王雅鸣，中国作家协会会员、知名作家，著有《黑海滩》《蝉蜕人生》《拯救爱情》《归去来兮》《荒海》《寄予乡愁》等作品。）

# 自序

　　从小酷爱读书的我，喜欢用文字记录生活。这部作品是我的处女作。从不惑之年起步，从生活的各个方面汲取养分，在恰好的人生时段，与文字中的你我浅浅相遇。在与人与事与物的接触中，捡拾岁月遗留的痕迹，于是文字像涓涓细流般流淌出来。常常在瞬间的触动中，抓住自己内心真挚的情感，使文字中多了一些深意。我便这样与文字结缘，在静静的清晨或混沌的夜晚沉浸其中，与内在的我对话。那些记忆里的初遇、初见与初识，在朦朦胧胧中渐渐清晰。我的最爱与不舍，不一定与情爱有关，但肯定与内心真实的情感相契合。文字记录真实心境，也记录了隐忍的故事。每每闲下来翻看一下，那些过往便一下涌上心头，那些快要被遗忘的爱与不爱都重现脑海。看似平静的文字，背后的波澜也会让自己嫣然一笑。相信吗，我曾是一个内心富足的人，有自己所爱，也有爱而不得的遗憾。浅浅的相遇，也许是轮回里的注定，也许是游历的捕获，也许是思想的意趣，也许是夜梦或者现实经历后的顿悟。

　　我生于20世纪60年代，赶上七八十年代那单纯的文学时代，对我影响极深的作家是鲁迅和朱自清，我喜欢鲁迅的冷峻辛辣、犀利见骨，喜欢朱自清的唯美含蓄、意境缠绵。生活中我喜欢写日记，感悟，遇到沟沟坎坎时更喜欢用文字表达。只是自己不善积累，许多作品散落，随着时间的流逝，不见了踪影，现在想来有点儿愚钝。后来有了网络，我无意游玩，而是一头扎进博客、论坛，才开始真正意义上的写作，这我有了更多以文会友的机会。就算与朋友聊天，我都喜欢站在写作的角度审视朋友，也积累了大量素材。2008 年，我参加过新浪网博客大赛"2008 我记录"《我的校园》单元的角逐，获得第二名。直到今年，我在全国原创文学"妙笔生花"大赛中获得金奖，萌生了把作品结集出版的想法。

我本懒散，也很自私，文字是我恪守内心的唯一领地，多年来写作，从未带有功利心，文字纯净且富有真情实感，因此受众人青睐，散文尤为见长。每每写文，都是与自己心灵对话，或抒发胸臆，或激活内心。文字成了我不离不弃的朋友。

这本《浅遇拾光》中收录的作品，是我从 2007 年至 2023 年间创作的众多作品中精选出来的，将其分类整理，以便阅读。篇幅不是很长，但都是用心之作，也免不了有瑕疵与纰漏，敬请读者多提宝贵意见。

一本书，凝聚了作者的心血，每个读者都有自己的认知及喜好，不同的心境读出不一样的"我"。无论如何，希望给大家传达的是美好与善良，同样希望将韧性与执着传递给大家。我愿与每个读者在书中浅遇，捡拾人生真谛，用以鞭策自己。愿每个人在各自的领域努力潜心，用心构架，回馈生活每一天。

# 目录

## 第一编　轮回

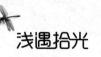

淺遇拾光

第二编　**纵游**

## 第三编 你我

## 第五编　了悟

第一编

轮回

# 也许轮回里早已注定

茫茫人海中，一个个看似熟悉又陌生的面孔从你身旁经过，脚步匆匆，有谁会知道曾经是否相识？常感叹岁月无情地流逝，可知天若有情天亦老？那四季轮回中有多少次，无情却为情所动，泪洒相思？

我常在寂寞的夜晚游历，思绪会像脱缰一般无休止地蔓延，或感叹，或哀怨，或寂寞，有时也会莞尔一笑，想起那些飘忽在眼前的美丽的瞬间。尝尽人间百味，寂寞时可以慢慢地回味，这也许就是人生。

若此时花并蒂，鸟双宿，月正对，只落得一影孤单，可知那沉醉在梦中的人儿，情到深处甚孤独？若风知，风会为其送去思念；若云懂，云会为其飘去泪花。

可曾牵住彼此的手？承诺相望相守，可谁会知能否坚守？轮回里早已注定，旅途中会有相遇，谁会知那是一场偶遇，还是一个注定？

今晚是写给你，还是写给自己，真的很难分清。我已经在混沌的世界里走了一遭，两袖清风，孑然一身，怎知是否恍惚间白白来此一回？

　　我该信这世上还有真情所在，不然怎会有那么多的动容？今天的风清爽爽，若拖着略显疲惫的身体，还在欢笑，那有一处便会阳光普照，再好不过的晴天。

　　冥冥之中，有一双多情的眼睛望着你，无法躲避的炽热。就算你看不到时，它也一直追随，这也许是命中注定，也许是前世约定？幸好茫茫红尘中再次遇见你。

　　小小的甬道，家的归宿！第一次走近，仰望时按捺不住激情。茫茫人海中你缓缓走来，住进一人心里，多少次凝望，多少次默默无语。那内心压抑许久的思念，无须表达，在彼此的凝望中可知，天不负我，我便不负你，愿剩下的日子与你厮守，不记路途，不记时空，心与心贴近，哪怕银河相隔，也自有鹊儿搭桥。

　　我感受你的内敛，感受那平静中的热辣，被儒雅的你吸引，无可救药。

　　无意闯进了梦境，那思恋的感觉绵绵不休。就让时间在这一刻停留，哪怕世间万物生长，这一刻也要定格，我们不再分开，不再离别，不再被时空阻隔！与你长相厮守，不管世人笑我痴，笑我狂，世人皆醒我独醉！

# 暖春

这个春，真的好暖，暖得让人很快忘记了刚刚走过的寒冬。就连风儿都变得异常矜持，好似被柔情打成包裹邮递到远方，躲得无影无踪。

好思念，柔情似水的春风撩拨发梢、掀起裙角、轻柔拂面的感觉，在春风里陶醉的滋味。

"春，你醉过吗？"

"醉过，醉到毫不知情。"

"你的意识是否清醒？"

"半醉半醒，那滋味最美最浓。"

"你喝酒了吗？"

"喝了，女儿红。"

"哦，你已是人面桃花红了！"

"啊？真的？"

"当然是，不骗你。"

"哦，这时就该桃花红！"

"原来躲在房里细品女儿红。很烈吗？"

"不，酒陈，情浓，滋味醇厚！"

"品一口，香气溢满口；饮一杯，酒浓情更浓。"

"难怪春色浮在脸上，眼里都溢满胭脂红。"

"不会吧？"

"是的，没骗你！难道你没感觉到？"

"唉，这都不懂，这是醉红，羞红。"

"羞？那你的声音为何高？"

"兴奋，激动！"

"不信！"

"不信你看。"

"看到了，看到了你的柔情！"

"你醉了！"

"难道你没醉在这春风里？"

好吧！醉上一回，醉后体会春的柔情。

春风拂面，发梢随风的节奏撩起，裙角不安地荡漾着，醉倒在春风的怀抱里！

# 飘雪飞春

　　如果不是清晰地记得这是初春，真的以为还在冬季，因为在一场春雨过后，竟然下了两天的雪，地上积了厚厚的一层。路上有人撑起了伞，这在北方的冬天是绝对罕见的。天气不是想象中那样冷，起初下的雪有的已经融了，但很快被新落的雪覆盖，周围已被白雪笼罩，树上依旧是枯枝，挂了少许雪，这似乎让我有了更多的错觉——是春天吗？没记错啊，分明有一天，一家人围坐在一起，吃着春饼，聊着春的话题。

　　忽想起，不知此时的江南是何种情景？是细雨蒙蒙，还是阳光明媚？该不会已经是春色满园了吧？

　　在刚过去的冬天，我去过江南，那里没有植物凋零的痕迹，我却捕捉到了秋季的影子。我分明看到了黄色的梧桐，红色的枫叶，还有那依然葱绿的很多草木。冬天，我并没有停留在江南，不能想象深冬的江南是何种情景。可是我连做梦似乎都能梦见江南的春色，风摆新柳，桃杏吐蕊，蒙蒙细雨，一柄细伞下情影游动……

　　不知不觉窗外又雪花飞舞，这已是 2009 年的第二场春雪了。一场春雨过后的两场雪，足以让我感受到北方春天气候的多变。

　　还好，我清晰记得这是春。如果不是如此，无论如何，你从外面寒冷的空气中也感受不到春天的气息。

　　北方的春天就是这样多变，乍暖还寒时让人感到刺骨的寒冷。今天回家有些晚，出来时天已经黑透，我没有发现要飘雪的迹象，也许因为匆忙，也没有在意天气的变化。自己吃过晚饭，坐在电脑前发呆，朋友都不在，昨晚电视也出了故障，看来注定又是一个无聊的夜晚。

　　听朋友说，江南好多地方一直在下雨，难得有一个像样的蓝天，偶尔阳光明媚，即便躲在房内，也会倒在阳光能够照耀到的地方，追随它的热量，享受它带来的温暖。

　　和江南比起来，我这里有阳光的时候多了一些，只是最近阳光的热量被雪吸收了很多，致使出门时也比往日多了几分清凉。于是，我常常渴望阳光能一如既往地照射。眼看雪的残骸已消融殆尽，偏偏今晚雪又悄然而至，虽说地表温度足以让刚落下的雪花顷刻间融化，但能想象出明早路面将是一种什么样的情景，满目皆白还是晶莹剔透？唉，还是希望今晚的雪不要下得太久。

　　此时，心生很多期待，从未对春这样期待，想看见地上的小草破土返青，枝头吐露新翠，春风撩拨秀发，嗅到空气中那醉人的桃花芬芳。

　　其实北方的春天来得真的很晚，有时到了清明才有春天的氛围，所以此时这样实属正常。多变也正是北方春天的特色。只是雪花飞进春天，让我多了几分担心，似乎寒冷在吞噬这个春天，其实真的没有什么好担心的，不是在飘雪前夕已经下过雨了吗？那时不是还以为小草会在这贵如油的春雨的滋润下早早地吐翠吗？自己不也已经放弃了厚重的冬衣，换上春装，迎接春天的到来吗？不是以为今年的春天会来得早些，不会像以前一样抱着冷清的春天幻想江南吗？

# 说好春天一起看樱花

那年夏天，我们说好来年春天去看樱花。我知道那只是我们的一个梦想，不一定能达成，却隐隐约约充满了憧憬。因为那个夏天我们曾经一起远远地望过樱花谷，绿茵茵的一片，那时樱花早已谢了。虽看不到樱花，但在不经意间会想到春天樱花谷里樱花绽放的样子，浪漫的樱红晕染在谷间，不是桃花，胜似桃花。

如牵手走在樱花树下，望着漫天绚烂的樱花雨，我们一起嗅着花香，听着花吟，被浪漫的樱红包围。

据说那里的樱花谷，是世界上三大赏樱胜地之一。谷中共有三万多株樱花树，有百余个品种，是国内规模最大、品种最全的樱花种植基地，有"中华第一赏樱胜地"之美誉。加之周边山清水秀，更有名人赋诗为证："白雾横鼋渚，绛雪绕村郭。花气熏古寺，竹影摇画阁。归舟泛柳浪，佳人踏渔歌。回首虹桥上，斜阳入烟波。"想象一下春天赏樱的盛况，哪有不为之心动的道理。

心动，却没有行动。次年春天，我们错失去樱花谷一起看樱花的机会，小有遗憾，但依旧会一起向往，向往有那么一个春天，可以手牵手一起看樱花雨，徜徉在云水间。也许是我从没看过那么多的樱花汇聚在一起，也从没置身于花海中，更从没有过和心爱的朋友手牵手到最美的地方去赏樱的经历，才会有那么多向往。

好容易挨到春天。今年樱花开放的时候，我们却躲在家里，不能出门。所幸一个在异国的朋友发来几张樱花的照片，那溢满画面的樱花让我兴奋不已。这也算一点儿慰藉，更激发了对那心中的樱花谷的向往，也许那里的景色会比这图上更美。

闭上眼睛，想象一下，那美丽的樱花谷似乎就在眼前，我们牵手走进花雨中，浪漫的粉色在我们的周围弥漫着，萦绕着，我们陶醉其中。春天，我来了，樱花谷就在前面，我们牵手走进樱花的世界。愿下一个春天，我们不负韶华，共赏樱花，共度好春光！

# 又见一树梨花白

时至清明，就算农历刚入三月，就算天气微寒，也到了春意浓浓的季节，忽想起公园里的那棵梨树，此时梨花是否开得正浓？好想再见那"艳静如笼月，香寒未逐风。桃花徒照地，终被笑妖红"的盛况。

清明过后的第一个周末，阳光明媚，我和家人一起去蓟运河畔游园。公休日的公园门口热闹非凡，琳琅满目的小玩具色彩缤纷，吸引着孩子们驻足。已经为人父的儿子玩心大起，不顾儿媳的劝阻，挑选了一个红金鱼小风筝，说要找找小时候放风筝的感觉，顺便也让自家的宝宝欣赏一下。

天气格外晴好，微风拂面，的确是放风筝的好日子。进了公园，开阔的空地上已经有人带着孩子放风筝，风筝形态、颜色各异，在空中上下翻飞。还有孩童拿着泡泡机吹着泡泡，大大小小的泡泡在空气中飘过，洋洋洒洒。我家的小宝宝被这热闹的场面吸引，上下张望，伸出小手一会儿指着风筝，一会儿抓着泡泡，咿咿呀呀地叫着，兴奋不已。

此时的我却被一种期待牵引，公园里那棵梨树此时不知是怎样的光景，还是六年前看到的样子吗？似乎此行目的就是一睹它的芳容。初次看到它时，我就情不自禁地被那满树的梨花吸引，现在想来，对它的树干竟没有一点儿印象，可见我是被梨花迷了双眼。突然好奇，究竟什么样的枝干可以撑起如此庞大的树冠？不自觉地开始催促家人："走吧，我们去看梨花！"收起风筝，向北走不到10米，顺着甬道右转，远远就能望见那棵梨树，"忽如一夜春风来，千树万树梨花开"脱口而出。

远远望去，梨树比以前更加高大，衬托得树下的人更小，我加快了脚步，绕着草地旁的甬道，来到东侧，这里离梨树最近。走到树下，微风浮动，梨花在风中摇曳，远望时它似乎是静止的，只有走近才能感受到它随风舞动。梨花盛开，微风中弥漫着花香。"梨花开，春带雨，梨花落，春入泥……"此时我被乐曲带入，在树下发呆，眼前浮现出六年前几个同事一起游园，一字排开，嬉笑着在梨树下拍照的情景。时间好快，他们有的已退休，感叹岁月神偷就这么不手软，把最美好的时光悄悄抽离。

是啊！还记得刚参加工作时，单位在蓟运河畔。那时河畔未经修缮，从桥下到单位门口对面，到了春季就很多树就会开满鲜花，最艳的要数桃花，迎春花最抢眼，而我偏爱一树洁净的梨花。梨树大概两人高，梨花开得浓时，馨香四溢。每逢梨花开时，我们会带着孩子们来到河畔观赏、写生。一群年轻的老师带着一群孩童，肆无忌惮地在春天里嬉闹，转眼间已过去三十载有余。因为工作变动，我已好多年不曾去过那里。不知那河畔的梨树是否还在，那喧闹的场景是否还会重现。

这次远远地望着梨树，我突然好奇，偌大的树冠，它的树干该有多粗啊！走近一看，原来并非一棵粗粗的树干，它的树干盘错着，分出四个杈，似是四棵不同粗细的树长在了一起。

树干从底部分开，再往上便拥抱着成了一体，形成一个庞大的蘑菇形。它们簇拥着，似一个整体，又似各自独立，相互交织，难分彼此。它们各自撑起一方的枝干，不知当时种植这棵树的人，或者公园的设计规划，是有意为之，还是无心之举，成就了它现在的样子。无论如何，大自然的鬼斧神工总能在不经意间让我们惊奇。我细细打量，也没有看出端倪。不知当时种植时，是否考虑了日后它生发的样子，独独让它拥有一片属于自己的领地，周围没有其他树的存在，才令它更加惹人注目，正应了陆游的那句"粉淡香清自一家，未容桃李占年华"。

微风吹过，梨花风中轻摇，花瓣翻飞，风筝在空中飘过。忽又想起毛熙震的词："梨花满院飘香雪，高楼夜静风筝咽。"也许因梨花色清，晕上月色会更生动，诗人大多吟梨花在月下，似乎诉说着不一样的情怀，爱梨之情不言而喻。那与我朗日下观梨的心境大相径庭。此时用"压帽花开"来形容眼前的梨树再贴切不过了，我感叹诗人用词巧妙，雅俗同韵，就算我搜尽腹底，也难描述。耳边有人问起："这树会结梨吗？"这么一树繁花，如果能结果实，那将何等壮观。我想不出答案，还是把答案留给秋天吧！

"梨花开春带雨，梨花落春入泥。此生只为一人去，道他君王情也痴。天生丽质难自弃，长恨一曲千古谜……"循着声音望去，只见一群票友在不远的亭子里围坐在一起，中间一人着一袭白衣，翩若梨仙，低眉轻吟，旁人纷纷驻足。回眸望去，又见一树梨花白，浑身清浅胜梅魂。

# 春宵一刻

这是2010年春天的最后一个夜晚,临近午夜时分,却难入睡,意识格外清醒,拖沓了一晚的文稿还没搞定,于是索性放下来。多日以来,一直想用文字记录一下这个多变的春天,可是一直懒散,不愿提笔,直到春天的最后一刻,忽又似乎留恋起什么来。一串铃声,又唤起对一些回忆,没有了爱,没有了恨,没有了忧,也没有了伤,我已漠然。

因为农历新年前打春(立春),人们习惯说今年无春,也许是应了这句话,春天来的时候,忽然洋洋洒洒下了一场罕见的雪,以至于孩子们脱口而出:"春天来了,下雪了!"气候的多变的确给了孩子们错觉。这不是孩子的错,也许是老天的错?谁让这春不像个春呢!过了取暖期,天依旧冷得让人感到透骨的寒。半夜醒来,我竟冻得发抖,于是把闲置了20多年的厚被子拿出来,才使夜晚暖了一些。就这样冷冷凄凄挨了将近两个月的光景,到了谷雨时节,我才无意间发现,桃花早已开放,小区一角的迎春花竟然开得无比绚烂。噢,没错,春天来了,尽管我感觉又过了一个冬天一样。

时针早已划过了春宵一刻,这时已不再是春天。忽然间有些茫然若失，我还没有感受春天的太阳晒在身上，也没感受春天那柔柔的风轻拂面颊，春天就这样溜走了。倒是昨夜一场疾风骤雨敲醒了我的梦，雷惊了我，冰雹噼啪作响，敲打我的窗。

春天就这样过去了？因为冷，我没来得及看花开，看草绿，就匆匆脱下棉衣，换上薄纱。

我荒废了春天的最后一个晚上，没有做完该做的事情，有点儿讨厌惰性发作的自己。夏到来的一刻，我会不会在清醒中又混沌入睡？我没有力气再挥手与春道别，期待春再次来时，我能和春有个更好的约会。

忽然觉得春宵这一刻真的值千金，如果荒废了，千金散去还复来？难道是心情作祟，还是时间作祟？若是早些睡去，定是一场清梦度春宵，千金难买梦中醉了！

一直想写春，可是迟迟没有动笔，直到春天的最后一刻，突然失眠，才忽有一丝灵感，草草地写了春。

# 哦，我要告别春天

外面风很大，天气一下冷得让人忘记是春天，迟迟的春雨整整下了两天，到了次日傍晚才停下来。天空并没有放晴，直到今天中午，太阳才冲破云层，露出灿烂的笑脸。太阳可不不是孤行，携带着风一起走来，徜徉在谷雨之后，春夏交接之时。风并不因为与阳光同行而温柔，好像要席卷整个残春。

白天在户外，无意发现天空飘着白花，因为天冷的缘故，旁边竟有人喊起来："啊？下雪了！"定睛一看，哪里是雪，原来是柳絮在微风中纷纷扬扬地落下。柳絮飞舞着，想找到可以让它安身的家。

躲在云层里旅行的阳光终于按捺不住，拨开云雾，把热烈的目光送出。风也跟随光束而来。柳絮刚刚被温暖地展开裙角，在空气中缓缓地飞行，却惹来了风的嫉妒。风急速地吹来，顷刻间柳絮被吹得狂舞，失去了方向，在风中不见了踪影。

风有些冷，打透了单薄的衣服。我突然觉得这个春为何如此漫长，那暖暖的风呢？柳绿了，桃花也开了啊，为什么似乎听到落花的低吟？春来了，却很难留住，放慢了脚步，却无意间被变幻的风云赶出。春在？春出？

　　丝丝凉意蔓延在周围，多事的春天，世事烦扰；那萦绕在心中的思念，随流水远逝，一帘幽梦在飘零的落英中拉开帷幕。

　　这个春天是否短暂？这个春天的路真的好遥远，我不知该留恋，还是该丢弃。那徘徊在春的脚步，一刻不愿停留。我要日夜兼程地赶，告别这个让人厌倦了的春天。我要赶到下一个驿站，柳荫下休憩，桃竹下安恬，荷花池边垂钓，徜徉在晚霞映照下的海滩，望着大海，远远地回望春天，看柳绿，看燕飞，看桃花缤纷，与春风拥抱，与春天再次约会！

# 粽情艾意

端午是入夏后的第一个节日，气温上升，正是疾病多发的时期。过去，每至端午，人们总是将艾草置于家中，以"避邪"。民谚说："清明插柳，端午插艾。"北方的端午节，插艾草几乎是家家必备的，一般从五月初一开始，家家门口插艾蒿。以前，单纯地将艾蒿捆成一把，放在门边或插在门上；最近几年，人们为了让艾蒿保持新鲜，便用瓶子装满水，如插鲜花般，将艾蒿放在水里。端午时节家家门前都多了绿色的艾蒿，格外有节日气氛。

为了纪念伟大的爱国诗人屈原，端午还要包粽子。过去，南方粽子的品种比北方要多一些，现在区别渐渐小了。北方多以糯米为主料，配上红枣、蜜枣、蜜豆、豆沙做辅料，用芦苇叶、马兰草包裹成四角粽子。端午必吃的食物，还有绿豆糕。除此之外，北方还有的周岁内小孩端午要穿"五毒衣"，大人小孩挂香草荷包，还系彩绳。这样看来，端午的习俗真的很多。

我家有祖祖辈辈延续百年的端午习俗。我小的时候，每到端午当天，妈妈会起得很早，煮熟红皮鸡蛋，然后趁我们没起床，便用煮熟的红皮鸡蛋滚床，"滚蛋滚蛋，消灾避难"，意为让病魔和灾难通通滚蛋。我们每人至少要吃一个温热的端午红蛋，妈妈说吃过红蛋，整个夏季就不会拉肚子，意为温养肚子，远离肠胃炎。

吃过红蛋，便开始"艾草浴"。妈妈会把艾蒿、花椒、白矾加菖蒲放在大锅里熬水，然后给我们沐浴。小时不知为什么要大清早就洗澡，妈妈说："端午节洗浴，不患皮肤病。"说来也巧，自小到大，我们兄弟姐妹真的没有患过皮肤病。

午饭除了米粽以外，还会有面食糖粽子，俗称糖三角，因为外形有点儿像粽子而得名。吃过早饭，发一盆面，以前没有酵母，用"面肥"，温水和面，然后用棉的小盖被将面盆围好，至少要半天的时间，面才能发起来，放一些食用碱，揉好备用。糖三角里面放的是红糖，红糖里面放少许面粉，用手捻匀，这样蒸出来的糖三角，红糖馅就会呈液态状，不打疙瘩。吃糖三角时，抓住一角，将两角之间的面皮掰开立放，这样糖就不会外溢。刚出锅不久的糖三角，糖的甜味与面的香味，会让人忍不住多吃几口，有时糖流出来，快速舔一下，那感觉是吃其他食物很难体会到的。

我成家后，每到端午也会为自己的儿子做这些，一直延续到有了小孙女，略有改进，将艾草浴中的白矾改为大蒜。今年端午，我家门前插了艾蒿，我为孙女准备了"五毒衣"，编了彩绳系在她的腕部，买了香草荷包，包了粽子，买了绿豆糕，早晨煮了、滚了、吃了红蛋，为孙女洗了艾草浴，然后带着礼品去孙女的老太爷家过端午节。

艳阳高照，又值端午，粽情寄故人，艾意留千古。最后以宋朝苏轼的《浣溪沙·端午》收尾："轻汗微微透碧纨，明朝端午浴芳兰。流香涨腻满晴川。彩线轻缠红玉臂，小符斜挂绿云鬟。佳人相见一千年。"

# 飘飘风袖蔷薇香

夜深了，无意间看到一个朋友的几句小诗，配图竟是开满枝头的蔷薇花，想起昨日在学院围墙边看到的粉色蔷薇，北方的初夏，蔷薇开得正盛。

只知道单位办公楼后院的墙上爬满蔷薇，它藏在后院，我鲜少留意，此时倒有些遗憾，这些时日竟没有注意它是否盛开。忽然想起"满架蔷薇一院香"，惭愧于自己再次冷落了蔷薇。想来自己真的从未靠近蔷薇花，它是何等馨香，我茫然不知。

记得去年有一天心血来潮，想以花喻人，才发现自己对蔷薇的了解只限于外表，于是打开引擎搜索，发现相关的解释少之又少，倒是蔷薇的花语——热恋和对爱的思念，让我产生了好奇。我颇感意外，意外的原因是热恋或对爱人表达心意时，鲜少有人用蔷薇，也许它真的不够惊艳？搜一下描写蔷薇的诗句，我尤为喜欢秦观的"有情芍药含春泪，无力蔷薇卧晓枝"，写得多么鲜活。但是论意境，当属高骈的"水晶帘动微风起，满架蔷薇一院香"，给人坐在架下，微风轻拂，蔷薇花香四溢的感觉。

说起蔷薇，其实不是出于喜欢，而是因为我的一个忘年交小薇。因为名字的缘故，看到她，就会联想到蔷薇。关注小薇，也是因为我从她身上影影绰绰看到年轻时的自己。谦逊得有点儿卑微，善良得天真，难以藏拙，对人毫不设防，这也是年轻时我的缩影。这样的个性，收获与伤害参半。因此，我对小薇也增添了几分怜惜，单纯地想帮她，只是忽略了周遭环境，给她带来困扰。我虽称不上喜欢蔷薇，但它简单的美和安然的姿态还是吸引了我。她没有牡丹的雍容，也没有玫瑰的妩媚，更没有桃花的娇艳，娴静得可以令人忽略她的存在，淡然得令人不得不生怜惜。初夏，开得正盛时，枝丫茂盛，它顺势而长，藤蔓交错缠绕，不断吐出新枝，四处蔓延，微风掠过，蔷薇花曼妙地舞动。

关于蔷薇，有这样一个凄美的传说：有个叫蔷薇的姑娘被皇帝看中了，但她心中有喜欢的人，因此不愿进宫，躲进了深山。皇帝得知后，追捕蔷薇。为了不连累喜欢的人，蔷薇跳了崖。乡亲们将蔷薇安葬后，坟墓开出了一朵花，人们将其命名为"蔷薇"。揭开传说的面纱，我终于明白了蔷薇的花语，蔷薇姑娘对于爱情的忠贞、矢志不渝令人慨叹。

不了解蔷薇的时候，我曾视它为墙上花，没有依附，难以自立。现在看来，是我的认知出了问题。纵览一切，有谁能完全不依赖旁人旁物而独立生存？这样看来，蔷薇知己所需，知己所长，扬长避短，恰到好处地将美丽示人。无论藤萝盘架还是街边花墙，它都能蜿蜒着将自己最美的姿态呈现出来，没有矫揉造作，没有浮华虚夸，只以简单的花色引人驻足，花与叶平实地点缀着墙角、街边、院落，那"满架蔷薇一院香"的描写再贴切不过了。

　　我走到后院，俯身贴近蔷薇花，一缕馨香扑鼻，原来它真的很香，香中带甜。这样看来，将它喻为爱恋之花，一点不为过。我真的找不到更好的词来形容它，只能远远地注视，愿它芬芳馥郁，清新脱俗，也希望她扬己之长，坚贞不渝。希望在未来的每一个初夏，都能在不同的地方，在不经意间，嗅到它的馨香。

　　忽然想起白居易的《简简吟》，他将最美的花与诗送给简简："玲珑云髻生花样，飘摇风袖蔷薇香。"我希望美好的东西也能长久。愿小薇的人生像蔷薇一样，更加坚韧，充满生机与自信。也希望更多的人不因外在而忽略蔷薇的品质，让蔷薇洒下一路芬芳，用不张扬的美点缀生活。

# 静静的夜，散漫的绿

白天晴朗的天空，预示今晚将是一个让人陶醉的夏夜。

我居住的小区依河而建，在楼上隔窗能看到潺潺流动的河水，但脚踏平地，那河就会被高高的堤坝遮住，只有清凉的风带着水汽，让你感到不同于别处的清凉。

因未到盛夏，傍晚的风还有丝丝凉意，没有了白天的灼热，走在河畔的草地上，可以尽情享受初夏傍晚醉人的清凉。这是入夏以来第一次散步，远离屏幕的刺激，觉得周围的绿色格外养眼。我静静地走在幽静的小路上，因为在楼群内侧，行人寥寥无几，甬道窄窄的，一直延伸到拐角处。

放眼望去，楼宇间，围墙外，被草地包围。每隔一段距离就有一个弧形顶的车棚，棚顶遮住甬道半边的天空，远远望去，好像江南雨巷里撑起的雨伞，落地的伞柄就好像两对情侣躲在伞下，窃窃私语。

就在这安静而充满诗意的甬道上，我独自漫步，尽情享受拂面的微风，任它撩起秀发，如恋人柔柔地梳动发梢。风掀动裙角，裙带轻轻撩起，如挥舞的绸带与云朵共舞。那绿绿的色彩也毫无顾忌地闯入我的眼帘，使本来浑浊的视线一下变得清澈。环顾四周，满目绿色，绿色在夏季里毫无掩饰地释放，比起那些炫目的霓虹、缤纷的花色，更冲击人的视线。

我缓缓地移动脚步，绿色散漫地与我同行，我静静地嗅着夏季独有的清香，聆听清风在耳边划过。散漫的脚步，散漫的心情，散漫地凝望绿色，散漫地享受美丽的寂寞……

一对老年夫妻携手走过来，可能是我的散漫与随意让他们觉得好奇，从不远处，他们开始打量我。虽然同在一个小区，但我们并不认识，我用温柔的目光送过去问候，心里真的羡慕他们能这样在一起。

没有人再路过，我静静地走着，想到很少联系的朋友。在这静静的夜里，他们在某个地方，是不是和我一样，也在享受绿色的浪漫？想着想着，我微闭上眼，然后慢慢睁开，对着绿色浅笑，尝试着让周围的绿色旋转一下，于是绿色变得朦胧，移动着滑过。其实心里装了好多事情，但踏入散漫的绿色里，它们好似一点点散去，融化在绿色里，绿色宁静了心情。

甬道尽头，绕过楼群，走到中央的甬道，绿色依旧散漫在周围，远离了河畔，少了清风，便很难嗅到绿的清香，那静静的感觉消逝了。只不过隔了二三十米，那里却别有洞天。这时才觉得刚走过的路更值得珍惜。

"喂！我在这儿！"随着声音望去，一个熟人正向我招手，我加快脚步。"刚才在楼上看到你，可是等我下来，你就不见了。"我笑了："我刚从河边那走过来。"我停下脚步，我们闲聊起来，聊了许久。夜色渐渐暗了下来，周围的绿色也渐渐变浓，变得深邃，变得更加散漫，融进夜色中。

好迷恋今晚的绿色，还有弥漫在空气中的绿色的清香。在静静的夏夜，散漫地独步，散漫的绿色，散漫的孤独……

# 雨劫

入夏的第一场雨，下了足足有十二个小时，终于偃旗息鼓。庆幸自己居住的小城，只有在雨急时，有些街道会有积水，雨停了，马路立刻露出来，像是淋浴过，清爽了许多。平日里灼热的地面，泛着水汽，低洼处偶有少许积水。雨下了一整个白天，这会儿停了，人们三三两两地走出家门，享受这雨后的安逸。

匆匆吃过晚饭，我信步走出家门，看到外面比往常多了许多散步聊天的人。风还是挺大的，树枝在风中起舞，此时才发现路旁躺着几根折断的树枝。原来这场风雨的确让一些树木尝到苦头。放眼望去，往日原本一片叶、一个纸片、一点儿泥土都很难见到的街道，散落着许多绿色的叶子，它们成了这场风雨的殉葬。它们尚在风华正茂时，却陨落在街旁，不知此时该呻吟的是树，还是陨落的叶片，抑或是痴痴地望着它们的我。望着这情景，在盛夏，我竟有了晚秋时的落寞。我小心翼翼地轻踏着路面，生怕再吵醒它们，就这样让它们安然地睡去，也许是最好的选择。转了一个弯，我被满地的碎片惊到，抬头望去，昔日的辉煌耀眼，被残缺代替。我有些诧异，原来辉煌的挡板后面是空洞的架构，难怪禁不起这样的风雨。地上的碎片与坚实的石板形成鲜明的对比，碎片依然是剔透的，就算散落也不失以往的风采，也许它内心有太多不甘。

天上的云依然在翻滚，雨也许仅是打盹而已，此时风比先前大了一些，树来回摇摆，因为地面湿的缘故，叶片紧紧贴着地面，静静地定格在那儿，就算风想把它唤醒，也是徒劳。此时只有残留的绿色零零散散地将路面点缀得让人着迷，不再那么刻板，不再那么单调，不再生硬硬地闯进你的视线。

雨终究还是下了，下了整整一夜。该来的时候总要来的，该去的时候总会去的。听着窗外的雨声，享受着清清凉凉的早晨，这样的日子，在家休息，不用上班，是多么令人羡慕的事情。趁着清凉，赶紧读书，丰富一下内心，早安，祝所有还在梦里的人。

# 盛夏阳光下的记忆

也许是因为自己基础体温低的缘故，小时候我有一个嗜好：盛夏午睡醒来，总是喜欢坐在阳光下晒太阳，自己也有时奇怪，为什么就这样暴晒，却从没有觉得很热，反而觉得很舒服？不论天气多么炎热，我的皮肤表层总是凉爽的，有时怀疑自己前世是不是蛇或鱼的化身，还打趣自己冷血。

那时盛夏来临，大大小小的孩子们喜欢在池塘里游泳。在我的记忆里，那时的小河和池塘很多，于是到了盛夏，孩子们会背着大人偷偷去游泳。我生性胆小又怕水，也是因为怕凉的缘故，好多时候会乖乖地独自坐在池塘边，守着小伙伴的衣服，在阳光下看着他们在水里尽情地嬉戏。偶尔有几个调皮的男孩子会把水撩得很高，晶莹的水珠一下溅到我的脸上和身上，丝丝清凉会让我猛地打一个激灵，我就再也坐不住了，快速走到水边，回敬他们几下。他们则会一个猛子扎到水里，瞬间消失，眨眼工夫在很远的水面上钻出头来，向我做着鬼脸。我站在岸边大声地呵斥："再不老实，小心我把你们的衣服扔到水里！"听我这样一说，他们会满脸堆笑："别别别，不敢了，手下留情！"我也不和他们计较，重新坐下来，继续看着他们在水中互相追赶、击水、嬉闹，清脆的笑声在水面上荡漾。我们常常忘记吃饭的时间。

玩得开心时，不知哪个家长会突然出现："怎么又下水游泳了，给我上来！"这时孩子们会意识到，到了吃饭的时间，于是一哄上了岸。男孩子顾不得身上的水，有的抱着衣服就往家跑，有的在慌乱中将衣服皱皱巴巴地穿上，蹬上塑料凉鞋，一溜烟地跑了。女孩子则细心地穿好衣服，再把晒热的凉鞋穿在脚上，在水边涮一涮，然后三三两两结伴回家。我也会和她们开心地结伴而行。

吃过午饭，我会像那些游泳的孩子一样乏得睡去，醒来继续坐在阳光下沐浴。现在回想起来，那时的天空真的好蓝，阳光好灿烂、温暖，并不像现在这样灼人。因为喜欢阳光，我常常对着阳光遐想，好想看看太阳为什么会这么亮这么暖。我们女孩子会凑在一起，拿着剥下的五颜六色的玻璃糖纸，坐在太阳下一张张轮换着看，然后兴奋地叫着："我的太阳是红色的！""我的太阳是黄色的！""我的整个天空都是蓝色的！""我的整个世界都是绿色的！"大家抢着挑自己喜欢的颜色，看上很长一段时间，从太阳到天空，从树叶到小草，然后回到同伴的身上。就这些简简单单的道具、简简单单的游戏，都会让我们乐此不疲。

小时候一直觉得，只有阴天，太阳躲起来，才会下雨，所以遇到太阳雨就会好奇，太阳照着，老天怎么还会掉眼泪？奇怪之余，我会站在雨中或在雨中奔跑，快活地享受独特的风景，也会问起身边的大人："为什么有太阳的时候还会下雨？"有时，太阳雨也会下得很大，但很快就会雨过天晴，草变得洁净葱绿，树叶像洗过了澡，格外清新。有时惊奇地发现一道彩虹架在天边，我们会拍手欢呼："彩虹出来了！好漂亮的彩虹！"我们还会幼稚地掰起手指数着彩虹的颜色。其实，那时彩虹出现得并不少，可是每次看到，我们还是会异常兴奋。

　　不知从什么时候开始，到了盛夏，我不再喜欢晒太阳，倒不是因为自己的基础体温升高了，而是我觉得阳光变得越来越灼人了。我开始把自己包得很紧，太阳镜、披肩、遮阳帽统统派上用场，把小时候暴露在阳光下的皮肤尽可能地遮挡起来，对于阳光的渴望似乎变得有些淡漠。好多年，我也很少看到太阳雨，即便有过，雨后也很难看到美丽的彩虹，不知是周围的建筑遮挡了视线，还是雨后的阳光不足以让空气中的水滴大放异彩。

　　儿时的我，曾对盛夏的阳光那么渴望，随着时间的流逝，那些阳光下的回忆慢慢消逝……

# 睡吧，没有梦的秋

卧室灯火通明，可是我仍觉得今夜如此黑。我从浑浑噩噩中醒来，少有的孤独突然袭来。午夜，我望着打开的手机，却没有一个号码可以拨打，太晚了，有谁不在梦里？

我从梦中走来，不想睡，拿起久违的笔，心却没有像笔一样开启。夜太静了，静得没有一点儿声息，只听到笔在纸上划动的声音。前日袭来的风雨，把寂寞的人拽到瑟瑟的秋里。望着依旧葱绿的草木，却似看到在秋风里飞舞的翩翩落叶，瑟瑟发抖的小草，还有那些在秋天里不成记忆的记忆。

秋真的来了，勾起我太多的回忆，我在静静的夜晚一页页翻起：曾经擦肩而过的遗憾，巧遇的惊喜，还有那充满激情的文字交流，感伤的夜晚，感伤的秋……

是老了吗，为什么如此迷恋过去？突然想起那句"人生若只如初见"，如初的相逢，如初的相识，不知如初的感觉是否还在，是否在回眸之间还会想起过去……

夜为什么如此安静？那关掉的手机，是否还残留曾经的信息。落叶知秋，情谊如酒，风儿是否真的能够带走曾经的喜与忧？我本无心忆秋，可是这个冷清的夜晚为何打湿了我许久不曾怀念的秋？

只是湿了秋，这却是一个没有伤的秋，难道修成了正果？为什么就连曾经破碎的心也不再有丝丝痛楚？人们真的都睡了吗？他、她都在梦中吗？我为什么还在梦外游走？

太静了，此时哪怕有一片枯叶飘过，我想也会划破这寂寞的夜！

睡吧！没有梦的秋！

真的好庆幸，我还能拿起笔，静静地投入没有梦的秋。

# 醉了"枫情"

认识枫不是很久。起初，因为他的名字，我以为他是一个很浪漫的人。也许因为秋季枫叶醉人的红让人有很多联想，于是我对枫有着期望。但枫完全和我想象的不同，甚至让人觉得有些古板，于是我对他有些敬而远之。不管怎样，枫总是与众不同的，这也是我多少依恋他的原因。

我喜欢枫叶，其实我很晚才见到真的枫叶。年少时，我生活的小城里树种不是很多，几乎看不到枫树。最早我更多的是在书上看到那红红的富有诗意的叶片，如张开的美人手掌一般。因为红叶寄情的美丽传说，我对枫叶有了别样的情怀。

第一次看到枫叶，是上学时的一次见习，有幸在市内一所幼儿园见到了它。据说园内有好多名贵的树种，这在市里是绝无仅有的。现在已记不清都有些什么，但清晰地记得那是我第一次看到真实的枫树，只是不在秋季，叶子是绿的。我忍不住想仔细打量，可是偏偏此时，一个声音把我从它身边拉走："瞧，相思树！"我不由得随声音把视线转移到那里。

夺目的红色，太诱人了。"此物最相思"，红豆寄情的说法情不自禁地爬上大脑。我们这些情窦初开的女孩子，像得到什么宝贝一样，爱不释手地将红豆偷偷藏在手心，带回了学校。我与枫树却这样遗憾地错过。

听说秋季的北京香山，枫叶红透，于是，我对香山的枫树充满了期待。参加工作的那年暑假，几个同事加同窗约好去爬香山，只可惜是在夏季，枫叶最耀眼最灿烂的时候，我没赶上。

后来我在南方一个幽静的名人公馆里真真切切地看到了枫树。秋季，北方已经日趋渐冷，可是南方的枫树还郁郁葱葱，绿得让人找不到可以红的任何理由。这次我再也不想与它错过，于是细心挑了一些叶片完整，开始着色，且比较精致的枫叶，夹在书本里，珍藏起来，保存了很久。直到叶片有些干枯，渐渐变成红色，我还一直夹在本子里。有时不留心翻一下，看到开始残缺的叶片，就想起当时采摘的情景，枫叶虽显得有些落魄，但还能勾起我的很多回忆。

再后来，枫叶变得只剩下了叶脉，叶片一点点散落，再也无法收拾整理，我才忍痛把它丢弃。

忽有一个秋季，在散步的路旁边的花墙上，我看到了似枫叶一样红的叶子，外形与枫叶真的好相似，让我甚至产生了错觉，难道枫树就在这个城市？

其实它真的不是枫叶，却有枫叶一样火红的热情。它没有枫叶一样的浪漫，也没有枫叶一样的情怀，更没有诗人像赞美枫叶一样赞美它。但它很朴实，爬在花墙上，仰望着路人，悄悄地将醉人的红色散发在深秋里。我不愿说出它的名字，它没有枫叶一样动听的名字，但在我心里，在没有枫叶的秋里，我便把对于枫叶的情思寄托在这酷似枫叶的红红的叶片里！

不知是枫树打动了我，还是枫叶太让人产生遐想，就这样，在秋天，我难了醉人的"枫情"……

# 秋，瞥见的美

院落的西侧有一棵不起眼的白蜡树。春天，它和其他树一起吐绿；夏天，它和其他树一样枝繁叶茂。也许因为它太过普通，我每天都会经过树下，却很少用心观察它。

春天后院里有桃花争艳，梨花满枝，芬芳沁人心脾。香椿树芽早已被人青睐，成了餐桌上的特色小菜。那盛开的槐树花，缀满树枝的榆钱儿，会让你忍不住揪一把，嗅着那股馨香，眼前浮现出儿时的往事。

清明时节，和白蜡树相对的东墙下，海棠花盛开，一条花径，一路馨香，人们在花下穿梭，仿佛变成花仙住进花房。大门前伫立着一棵梧桐树，叶片在风中摇曳，引得人们驻足观望。

到了夏季，那原本有花的树早已缀满青涩的果实，让人多了许多期盼和遐想。就连矮矮的绿篱倚靠在树旁，都形成了一道天然的屏障，齐整整的，让你觉得它是那么端庄。龙爪槐弯着腰肢，俏皮得像小姑娘，撑着绿色的小伞，安静地站在墙旁。最骄傲的要数那棵桑树，满树桑葚被风吹落一地，那紫色竟能把地砖晕染。此时葡萄还是翡翠般的绿色，无花果的绿色果实藏于叶下，悄悄地成长。山楂树缀满绿色的果子，此时你很难想象这绿色过后，将是如何嫣红。

到了秋季，后院的果实红的红，橙的橙，黄的黄。中秋过后，人们怀着收获的喜悦与满足，品味着成熟的果实，体会着秋天独有的丰饶。

晚秋，一切似乎归于平淡，不经意一瞥，我发现了它——一个不起眼的它，竟披上金灿灿的盛装，在风中飞舞，洋洋洒洒。我早已被它吸引，只想把它留住，忍不住留下它风姿绰约的倩影。

也许就是这样，在春，在夏，在年少，在花季，它平庸得毫不引人注目，而到了暮年，蕴蓄许久的能量迸发，浑身金灿灿，那一刻，所有人把热切的目光投向它——

白蜡树已变金黄！

浅遇拾光

# 爱在深秋

喜欢深秋的感觉，那似花般绚烂的秋叶，抖着婆娑的衣衫洒下一地浪漫，铺就缠绵的思念，伸向多年来内心掩埋的梦想。

今秋似乎暖了许多，以至于到了深秋，京城路旁的树还郁郁葱葱。我踏着少许落叶，带着几分期许，寻觅着曾经的梦，走进深秋。

那晚，我终于找寻到记忆中的梦。梦，清纯得宛若女儿，安静得如清池碧莲，我不敢轻触，生怕会让娇艳的荷瓣脱落。我静静地注视着梦，想起先前送去的昵称"玉雪"，真的不枉此名。我闭目倾听，辨识回忆着那富有磁性的声音，却很难与所见到的达成必定的联系，意料之外，令我惊讶。梦似乎离我好远好远，可是分明离得好近好近，一身洁净、一尘不染的装扮，让我想起了戏曲名伶，我不能自已，早已魂出七窍。正不知所以，小雨淋到窗上，如罕见的泪珠般挂在玻璃上，我和梦的目光相聚于一点，注视着窗上水晶球内两只拥抱的宝贝，那么温馨与甜蜜，那是我放的。我知道一只是我，一只便代表我的梦。看着他们，我有了拥抱梦的冲动："可以吗？"我张开了臂膀，梦早在等了，我们成了水晶里的宝贝。许久许久，梦却不肯离去，月早已睡了，我不知该不该给梦一个交代。

我就这样如痴如醉地走进了梦。随后的这一夜，京城沐浴了一场秋雨。到了清晨，秋雨依旧缠绵，风凉了，心却暖了，我找到了宾至如归的感觉。一丝牵挂留在昨夜，爱似乎随着梦悄悄地离去，抽丝般地连绵不断，我期许着，就这样挨过了一日。

说是秋雨过后，享有盛名的香山枫叶已开始着色，看到大家期许的目光，我不忍就这样走了。深秋的夜晚，我走在陌生的街道上，期许着心中的奇遇。梦真的来了，静静地停在那儿，我开始熟悉梦的眼神，努力记住，希望印在记忆里，就算过了暮年，也要记住。不是一直期许来生吗？那今生一定要留下印记，我细细地打量，多留下些甜美的记忆。

罩着枫叶的红网，渲染了深秋的香阁，那熟了的叶子早已脱去稚气，显露风韵。慕枫而来，忽略了很多东西，唯心仍隐隐约约地随梦而至，即便徒步一两小时，未见一片红叶，也未生任何遗憾。爱在心中，爱在梦中，爱在深秋，何必在乎是否见到枫叶红！

# 中秋漫步

月圆之夜，我与夫君携手走出家门，走入夜色中……

二十年的夫妻，几乎没有在这样的节日里，在浪漫的月光下漫步。我与他手拉手、肩并肩走在寂静的小路上。

这座小城平时行人很少，加之我们选择了比较僻静的地方，更无人打搅。清晨，我还错误地以为今年的秋天来得迟了，可是在路灯下，我突然发现树上的叶子已经黄了很多，时而飘下来几片枯叶，散落在地上，瞧，我是多么疏忽……

在一片有坡度的草坪前，我们停下脚步，依偎着坐在上面，抬眼望夜空，月亮好圆好大，星星很少，远处的我无心去看，近处只有一颗，但很亮很亮。

年少轻狂时的举动，到了这时重温一下，意义有所不同。偶尔一辆车、一个骑单车的人经过，自己还觉得有些难为情，已到不惑之年，有这般情怀，会不会被人误解成移情别恋？想到这，浪漫的情怀免不了受到一些干扰与破坏。

"回去吧。"于是我们又走上来时的路，只是方向正好相悖。

我们居住的小区的花园夏季人声鼎沸，人们还会伴着欢快的音乐，跳起那些老套的健身舞步，开始发福的身躯扭动起来，也是别有一番风韵。可是现在不一样了，舞池空无一人，只有周围的路灯下有几个人围圈运动，悠闲地踢着毽子。

手挽手转了一圈，两人对望，会心一笑，歇了下来，谈谈最近的心情，好似不愉快随着漫步渐渐散去。

宁静中，突然一个男子的哭声闯入耳帘。我循声望去，一位中年男子在健身器材上痛哭，我和夫君又一次对望，发出"男儿有泪不轻弹，只是未到伤心处"的感叹。女性的柔肠驱使我想要劝劝他，可是男人的尊严让他怎能接受？我们约定，让他充分地释放……过了一会儿，声音停止，我躲在一旁，夫君递上一支烟，那人摆摆手。其实我们并不想打扰他，只是想在这时想给他一份支持，给他一个善意的干扰。

我们继续漫步，话题转到中秋。由于刚才所受的影响，"每逢佳节倍思亲"的感受一下涌上心头，幸好今天看了本家的长辈，但是我们同时想起了离家的儿子，儿子是否也在想着我们……

月亮依旧挂在天空，圆圆的，亮亮的……

# 今夜枕着月光入眠

初秋的夜晚，风儿从窗吹进来。

今晚的月亮虽不圆，却很亮。也许是因为屋里没有开灯的缘故，月亮被衬得格外耀眼。我在昏暗的卧室窗前，欣赏月亮的光辉。

对面三楼明亮的灯下，几个女孩穿得很少，正在打逗嬉戏，一看就知，是几个外地学生合租。过了一会儿，一个女孩走到窗前，悄悄地拉上窗帘。

我独自望着月亮发呆。旁边儿子的卧室里，电脑游戏声时时传来，窗外传来一些秋虫的低吟声，听不到窗外人们散步的说话声。

过了浑浑噩噩的夏天，踏入秋季，很少一个人静下来思索，今晚突然这样无人打扰，一种少有的孤寂便悄然爬上心头。

晴朗的天空，没有一丝云的遮掩，月光格外皎洁。我缓缓拉上纱帘，又趴在床上。透过薄纱，月光洒向窗内。纱帘的皱褶，就像条条丝线，被月光朦胧地印在我的床上、身上，还风吹草动，晃晃荡荡，如波纹荡漾……

连日来由于视疲劳，光也变得模糊，进而虚幻。其实今晚的月光真的好亮，许久没有看过这么亮的月光。也许因为月亮太亮的缘故，在我可视的范围内，竟没发现一颗星星。太过耀眼的月啊，你已掩盖星星的灿烂。

月光刺激我的双眼，眼睛酸酸涩涩，头真的好沉，心真的好乱，为何连月光都不再以温柔的面貌出现？

我趴在床上，闭上双眼，躲避月亮的光线，眼前一片沉静的昏暗，似有一些星星点点闪烁。已经过去的七夕夜晚，月亮是否见证了牛郎和织女的相见？但愿来年他们能踏着皎洁的月光，有众星陪伴，相约再见。

思绪散乱，不想再想什么，再看什么，紧闭双眼，今晚我要枕着月光入眠。

是月光与我为伴，还是我与月光为伴？

月亮透过纱帘把温柔的光洒在身上，我在不知不觉中静静地枕着月光入眠……

# 辜负了我的秋

不知不觉已快中秋，那对于秋的热情，被生活中的琐事剥离，到今日之前，我竟然连几个字都没有敲过。我不禁感叹，有违内心，辜负了我挚爱的秋。

前几天，一场秋雨整整下了一天一夜，让我真真切切体会到了秋意。前天晚上出门，我像是与此季格格不入的世外人，穿着半袖衫走出去，当凉意袭来，我才觉得自己怠慢了秋。我抚着裸在外面的双臂，看着身旁人的穿着，才幡然醒悟，忽略了我深爱的秋。

某天，艳阳高照，清风徐徐，那最早一批陨落的叶子乍现，让我感慨，又到了一年落叶黄的季节。那匆匆过去的春夏似乎淹没了所有的记忆，那个充满热情的我，似乎随着春夏的离去，也渐渐模糊了原有的样子。我终于释然，对那些难以让人解释的人意。自己以真性情示人，常被人误解，却从没想过放弃。真心明月可鉴，何必在乎世人偏见，付出不求甚多回报，只是出于内心的善意。有时我不由得怀疑，真的是自己的过错？翠竹有自己的生长方式，栉风沐雨，宁折不弯。爱竹之人，屈从内心，却如剔骨疗伤。

季节轮回，岁月变迁，周围的环境日新月异，那颗不曾因外界干扰而稍有浮躁的心，在这个秋季漂浮游弋。为何不放下执念，尝试改变，虽有违于心，却能乐得安宁。那刻在骨子里的执着，也许是累己的根源，又实在做不了行尸走肉。

秋日的天空悠远而碧蓝，望着天空心生的那些美好的憧憬，是我在低落时最好的慰藉。那拂面的秋风，让我感受季节的真实，有些过往真的不算什么，大可忽略。我还是我，秋还是那个秋，我不该辜负了秋的清澈，秋的湛蓝，秋的悠远。每一个秋，都是一个华丽的转身，可回望过往，时而留恋春的懵懂，时而渴望夏的炽热，时而憧憬冬的清冽。我的秋，我做主，真的与旁人无关，即便颗粒无收，也依然是我深爱的秋。

一场秋雨一场寒，一份炽热一份伤。那最早陨落的叶片，可在黯然神伤？一夜秋风一场梦，一叶知秋一意孤。那迟来的醒悟，能否令自己置于世外？

秋不是还能停下脚步，等待褪去忧伤？秋不是还会轻歌曼舞，等待羽衣霓裳？秋不是还要回眸顾盼，等待花好月圆？秋不是还会匆匆前行，等待来年再见？

还记得秋天有场约会吗？在那枫叶红了的时候，走进深山，走过栈道，在那落叶铺地的时候，听着蛙鸣，听着蝉叫；在那硕果缀枝的时候，品尝香甜，品味丰收。

我不该就这样辜负了秋，那个在秋天里思绪万千的我，不该泯灭。不是心无旁骛吗？不是心如止水吗？明晚就会皓月当空，那悄悄溜走的半秋早已模糊。幸好还有机会，抓住晚秋，掬一把爱，还给秋，掬一捧热情，撩动秋，不再辜负岁月轮回里我深爱的秋。

# 那路那树

走在路上，由于对秋的挚爱，喜欢看秋的微小的变化，就连那叶子不经意间陨落，也常让我的目光一直追随，直到它安然落在脚下。

上班会路过一个非常拥堵的菜市场，令人生厌的车辆常常让那简短的路程无节制地拉长，这时唯有路旁那带着晨露的新鲜蔬菜、瓜果梨桃等吸引我的目光，让等待变得不那么令人烦躁。

通过拥堵路段，左转后安静的小路是另一番景象。这几天一直观察路旁的一排白蜡树，夏天时都是一样葱绿，可是几天的光景，它们的近况大不相同：一棵树叶子几乎掉光，光光的枝丫已暴露无遗；一棵树叶子已变成金黄色，还挂在枝杈间；一棵树叶子黄绿交错，如画一般；说来神奇，还有一棵树叶子依然是绿色的，并不在乎季节的变幻。这让我感叹，同样的环境，同样植种一年，在此刻却如此不同，何况人呢！不同的环境，不同的境遇，不同的心情，那结果可想而知。

我想言尽至此，该明白的自然会懂，无须赘述。

我还会每天走在这段小路上，会一直看着这排颇有"看头儿"的树。

# 冷秋那一抹红色的记忆

没想到这个秋居然会这样冷，冷得让人觉得漫长。前日的秋雨，居然夹着雪花，这是我记事以来从来没有过的印象。

公休日连日的秋雨，让我倍加感受到一场秋雨一场寒。当我在雨中行进的时候，还未准备好的身体，唯有蜷缩起来，抵御逼来的寒气。斟酌再三才上身的衣服，在冷风秋雨中显得如此单薄。突然来袭的风雨，让这个秋平添了浓郁的冷意。

因为风雨，街道上人极疏，就连平日里喧闹的车辆，也稀了很多。本来冷冷的我，更加感到透骨的凉意。一昼夜间，树好像憔悴、沧桑了许多，在深浅不一的黄色的叶子中间，再也找不到丝毫绿的痕迹。我驻足，看着落叶片片飞翔，被雨淋湿，在冷湿的地面上沉寂……

还好雨终于停了，阳光灿烂无比，只是冷湿的空气让人很难体会到阳光的暖意。不远处的车上飘下一缕似火的红色，一对新人就在这样的天气里牵手游园。那红色的婚纱，给这个冷秋送来暖意。新娘在冷风里坚持着。他们手挽手走在秋风里，新郎偶尔会将新娘揽入怀中，共同抵御那毫不怜香惜玉的冷空气。热情与激情共进，这对新婚夫妇并没有更多地在意天气，还在兴趣盎然地配合摄影师，在镜头前展现幸福的笑容，欢乐洋溢在这样一个冷冷的清秋里。

在回到车上的那一刻，新娘早已忘记矜持，迅速抢过新郎手里的一件大衣，紧紧地裹住身体，红色被关进车里。那一抹红色晃过我的眼前，瞬间褪去。车远远地离去，洒下一抹红色，留在冷秋的记忆里。

此时我渴望找到红色的枫叶，哪怕只有一片。渴望在这深秋里，让那片红叶点缀一下冷冷的记忆。我没有找到期待的红色，枯黄尽收眼底。我静静地站在冷秋里，快速地打开记忆，翻阅那支离破碎、星星点点的记忆。我在问，记忆里，是否也有那么一抹红色的记忆？

秋没有兴致摇曳，秋没有力气哭泣，秋留下冷冷清清的感受，秋留下那一抹红色的记忆……

# 今冬的第一天

冬天来了，带来了冷的气息！

冬天的第一天，办公室里好冷，我在电脑前坐了两个多小时，站起来的时候才觉得周身好冷，手指尖已经有些发木。没错，冬天真的到了！

北方有一个习俗，立冬这天要吃饺子，因为饺子的形状酷似耳朵，说是吃了饺子，多冷的天气也不会冻坏耳朵。刚好这一天是周末，儿子要从学校回家，看来这顿饺子是非吃不可了。

天黑得好早，下班的时候竟看到了月亮，难得冬天的第一天有月亮陪我一起回家！

儿子早已回到家中，冷冷的天气有儿子在家，温馨了好多。时间真的不早了，我提议："儿子，可以和我一起包饺子吗？"儿子说："我又不会包饺子，估计我包的饺子一下锅就成了片汤。""哈哈，不会的，我们今天包蒸饺！"我和好面，剁馅，一切准备就绪。

儿子破天荒地主动离开电脑游戏，开始笨手笨脚地包饺子。我示范给他看，将馅放在饺子皮上，然后教他如何捏褶，他还真有点儿像模像样，结果包出的饺子比我包的长出一大块儿，形状如菱角一般。他开心地说："很难得，我还有所创新！"
我们边聊边切磋，儿子长进了不少，到最后，饺子包得像样了。
热腾腾的饺子出锅时，儿子骄傲地说："妈妈，你快看，已经
看不出是你包的还是我包的了，看来我的手艺还不错。"

　　这个冬天的第一天，我吃到了最好吃的饺子，因为那馅里
裹满香香的暖暖的幸福！

# 飘雪的心情

阳光灿烂的冬日午后，我接到了来自江南的一则短消息："闲人，你那里下雪了吧！""难道江南在下雪？""江南没有飘雪，只是听说北方好多地方下了暴雪。"噢，原来如此，我还是忍不住看看窗外，冬日暖暖的阳光太灿烂了。如果此时飘雪，我哪有机会静静地躺在床上，享受着阳光的沐浴，惬意地眯上眼睛。

阳光下分明飘着许多晶莹的雪花，我的身体变得轻飘飘的，像雪花一样飘起。我情不自禁伸出双臂，和雪花一起飞翔，雪在我的周围自由自在、洋洋洒洒地舞动着。一个雪球飞来砸在头上，我只觉得凉凉的东西顺着衣领流到后脊梁，我从梦中惊醒。

手机响了，会是谁呢？没见过的区号，我有点儿诧异，该不会又是骚扰电话吧，可是一直在响，还是接了吧。"姐姐好，是我！"一个欢快的声音从话筒里传过来。"姐姐，我这里正在下雪，下得好大，一会儿工夫，地上已铺了一层雪！"我努力让自己清醒一些，仔细地辨认，那声音里充满了兴奋和激动，是她吗？分明是一个年轻、充满激情的声音。"姐姐，是我！我在办公室，反正存了姐姐的号码，不管了，打个电话！"我也开始变得激动，这声音带动了我。一直到对话快要结束，我也没有说很多，只是沉醉在这甜蜜的声音中。"如果下雪的话，姐姐路上要小心！"绝对没错，我笑了，就算那么兴奋也没忘记贴心地嘱咐。

听到你的声音，太兴奋了。阳光灿烂的午后，是你送来一份飘雪的心情。我忍不住回一个短消息："姐姐要步行上班，带着一份飘雪的心情，一路上想你想你！"

阳光在笑，我的心已飞向那声音传来的地方。那一段难忘的师生之谊、姐妹之情镌刻在心底。好多次，字落笔尖又悄悄收起，生怕落笔的瞬间扼杀了清雅的美丽；收在心底，让美丽永远在别人不能触到的地方飘逸。

又想起那则来自江南的信息，没错，心里早已飘雪。是来自那渭河以南的玉儿给我带来飘雪的心情，我幸福着，快乐着，一整个下午沉醉在这飘雪的心情里！

# 又见江南雪纷飞

这个冬天如十年前的冬天，那漫天飞雪不安于北国，就像乘着高速奔驰的列车，飞去了江南，洋洋洒洒地将梦里水乡渲染成别有韵味的模样。

那蜿蜒的湖畔小路，被飞雪覆盖，湖畔的石凳清晰可见，可记得一对恋人两两相望，望着湖畔的船儿远去，安然小憩，偷偷嬉戏？如今，此处空空如也，安静得只剩下一串串踏雪的足迹，记录着徘徊在岸边的情愫。可知春、夏、秋有多少人在这条小路上经过？又有谁能像这冬日，在自己经过的地方留下足迹？

朦胧的湖面，远处隐隐约约的景物像是多情的少女，袅袅娜娜。那石阶、那枝丫、那湖水，迷茫地、静默地凝视着雪这位不速之客。

夏日里那喧嚣的船只，安静地泊在湖畔，若有所思地冥想。不是曾经来过吗？十年邀约，又一次过往，没有矜持，竟来得如此匆忙。可曾记得留下的遗憾、带来的不便？让多少期盼温暖的人儿尝尽寒意，少了眷顾，多了远离。有谁知你为何而来，为何徜徉？

# 浅遇拾光

一把红伞，对映红色的石匾，印着孤寂的身影。是否想着夏日站在石旁的身影，翘首、叉腰、微笑，一个滑稽的姿势让你忍俊不禁，就算发呆，也会感受到那暖暖的甜蜜。

那本透着绿意的植物，附上绵软的白雪，该有怎样的一番风情和韵味？此时小路不再静默，也不再沉寂。十年过往，来之不易，何不结伴同行，踏雪寻觅，留下飘雪的影像，记下冬日的情怀。

爱雪，不分江南塞北，有谁能抵挡那静静舞动的精灵带来的动人的旋律？

江南有雪，不一样的雪，空灵而缠绵，让你流连，沉醉其中。

雪的家不在江南，它却远道而至，即便停留片刻，也算匆匆来过，还一个心愿："我不是只生于北国，也可以在江南存活，只要给我一个冬天，我就可以尽情游历，徜徉于梦里水乡。"

江南的枝头、屋顶是雪的家。那魂归河里的雪花，融入了江南的家。谁敢说江南雨和北国雪不是一家？今冬在江南见证了雪的缤纷，谁能知道，到了春天，那暖暖的江南雨会不会漫步北方？东西南北徜徉，有谁能不向往自由自在，逍遥云外，来去有踪，续写十年不倦不悔之约。

# 冰雪之伤

2021年的冬天来得令人始料不及，极端天气，一场浩荡的雪席卷大地。在我眼里，那洁白、优美的精灵似乎改变了模样。

不得不说，雪景依然是美的。午后，我冒着风雪去单位扫雪。到底还是深爱着雪，虽有恐惧，但还是忍不住拍了几张雪景照。到底是岁月不饶人，我还是晚了些许。

忽想起1987年新年那场雪，当时自己正在孕期，家离单位不算近，通信也不像现在先进。我蹚着过膝深的雪，走了一个多小时到了单位，迟到了很长时间，领导却激动地拉着我："这么大的雪，怎么还来？"那种热切，让跋涉多时的我感到无比欣慰。那时自己很年轻，并不觉得身体不便，也不觉得风雪能阻挡什么，还因去晚了而怀着歉意。那时每逢风雪，没有号召，同事们会不约而同地清扫积雪，若来晚了，不禁会有一种负罪感。

次日便是周一，傍晚终于接到通知，孩子们停课了。我深一脚浅一脚走在路上，慨叹这一决定是如此果断和英明。

回家的路彻底断送了我对冰雪的好感。我虽然小心翼翼，但还是不慎滑倒，想竭尽全力地挣扎起来，却为冰雪所伤，接下来的一段时光因此荒废。在医院里，看着周围一个个为冰雪所伤的人，我对雪的深爱荡然无存。我在手术后三天离开医院，回家休养，算是不幸中的万幸。邻床那对儿母女，她们因冰雪而受到的伤害，何止在肉体上。

当我再回到熟悉的家，那场肆虐的冰雪已在短短三天内消逝，甚至让人很难找到它留下的痕迹。我怅惘地看着周围，心里是说不出的滋味。我成了这场冰雪的牺牲品，而且不是唯一，真是被它伤到了。

# 独步夜色里

好久没有出来散步，刚下过冬雨，外面的空气异常清新，晚上少了夏秋时节的喧闹。先前散步的同伴，一个个散去，不见了踪影。

虽是冬季，外面却不怎么冷，没有风，多了几分平和。抬眼望去，天空中的月亮如一弯蛾眉，不是很清晰，袅袅娜娜，朦朦胧胧，更多了一些妩媚……

习惯了独处的我，自己散步倒也没觉得孤单，外面的清澈，倒让最近一些混混沌沌的记忆清晰起来。

无人打扰，在夜色里独自前移，脚步是轻的，也比白天快了一些，思绪却是缓的，慢慢在脑海里盘旋。想到夏天来临时，过高的期望最终失落，想到暑期的奔波与煎熬，直至痛苦地抉择和重来，不知这选择是否正确。到明年夏季来临，还会经历这样的煎熬吗？还是不要想了，人生本来如此，不知选择的路是否正确，但必须选择，而且要义无反顾。选择的过程是痛苦的，选择后是轻松的，选择的对错还需要让时间来验证。

掀过这一页，秋天给我留下的记忆同样深刻，正是夏季的失落，才创造了屏前的邂逅、心灵的沟通。记忆里的点点滴滴，欣喜、感伤、失落在这一刻——过滤……

轻松的脚步在移动，思绪仍在缓缓地拉开，一句善解人意的话，让自己产生了感动，将素不相识的人变成知己，有时真是感叹文字的魅力。

想起一些读过我的文字的朋友，他们从字里行间，理解了不同的我，对我有规劝、有鼓励、有关心。可没有语气的文字，也很容易产生歧义。我的心境，我最清楚，但愿朋友们也能真正理解。

偶尔望望天空，月儿迷茫地照着大地，我长长地舒出一口气。人在低迷中，很容易沉溺于虚幻中……

白天，同住在一个小区的朋友好久没有见面，打趣道："怎么不出来了，自闭了？"我会心一笑，别说，我还真觉得自己有些抑郁了。想到此，自己忍不住笑出来："唉！真是的，都四十岁的人了，那么禁不起。"

人就是奇怪，本来很轻松的事情，自己不去选择，有时偏偏选择给自己制造烦恼。

轻轻的脚步，缓缓的思绪，边走边思，就这样独自走在夜色里。月亮瞧着我，我望着它，不知这次过后，什么时候还能相遇……

# 雪柔

临近午夜，雪终于停下来。因为一整天待在家里，到了此时，我还没有睡意，索性拉开窗帘，向窗外望去。

夜好静，是雪夜独有的安静，难得连行车的声音都听不到，夜静得如此安逸。心也好静，窗外的光柔柔的，雪的纯白与夜的浓暗融合在一起，加上微微的夜灯点缀，整个夜晚似在夏日晚霞的映衬下，只是少了红晕，多了几分柔和，更加让人有一种恬淡静谧的感觉。

夜晚的雪不再是纯白的，像柔软舒适的被子，盖住了地上的所有东西。雪一直飘，停下来后，地面好平坦，就连停车位上的那些轿车都被雪掩住了。在雪与雪之间，露出那些黑的、银的、红的车身，夜一点儿也不暗，隐隐约约能看到被雪虚遮的车窗。

雪停了，风也静了。雪安静地躺在树的枝枝杈杈里，那些本来已经憔悴的枯枝穿上了银装。原本失去生机的枝丫变得俏丽多姿，加上那柔柔的光线，俏丽中又添了几分妩媚。

窗前的我，早已为这美丽而安静的雪夜所牵引，好想悄悄溜出门去，在这美丽的雪夜静静地踱步，不知心中会有什么样的思想涌出。可惜真的太晚了，若是此时出去，轻轻的关门声都可能扰了邻家恬静的梦。我收拾一下冲动的心情，重新回归平静，静静地欣赏这少有的雪景。

雪很厚很柔，夜很柔很亮，周围的一切很清晰。雪做的被子给前楼搭上楼顶，边沿垂下来，却不曾脱落，和顶部的雪连成一片，我暗自惊叹，巧夺天工。

雪笼罩了我眼里的整个世界。刚刚掸去圣诞之夜散落的烟花碎屑，新年刚刚迈出脚步，我就与雪不期而遇。瑞雪兆丰年。干燥漫长的冬季也因为这个不速之客的到来，平添了更多诗意。耳畔忽然响起悠扬的琴声，在这静静的深夜格外空灵悠远，我不由得侧耳倾听。柔柔的乐曲、柔美的雪景，令我沉醉。我有些倦了，恋恋不舍地离开窗前。

柔柔的雪夜里，雪一般柔软的睡榻将我柔柔地裹进梦乡。梦里，我踏雪追寻着雪的精灵，努力地用手触碰它，我握住了它的手，与它相互依偎着，直到我们一点点融进柔柔的雪夜里……

# 看雪，好想有个人来陪

　　睡了一个下午，到了掌灯时分，我才被儿子叫起来。晚饭的时间到了。一阵电话铃声将混沌的我惊醒，不用猜也知是老公的电话。儿子今天回家，他会破例早早地打电话询问。"喂，老婆，儿子回来了吗？""回来了！""外面下雪了。我这里下得好大！""真的吗？我不知道啊！我看看去。"真的下雪了，地上已经盖了一层白白的雪，我竟然一点儿也不知。

　　北方的冬天，下雪并不稀奇，而我对雪情有独钟。吃过晚饭，我再也按捺不住，决定到雪里走走。电脑前的儿子被我磨了半天，也没有出去的冲动，于是，我穿上羽绒服出门了。打开楼门，雪扑面而来，我赶紧缩回门里，将羽绒服的帽子戴好，迎着风出去。

　　下雪的时候，空气真好。清新的空气让我在雪中悄悄地兴奋起来。走出甬道，我不停地环顾，兴奋得几乎要和雪一起舞蹈，结果引来一辆出租车停在我身旁，我觉得有些好笑。我可不是找车，而是在看雪，我在夜色的掩盖下诡秘地笑笑。我开始踏雪行进，不时回头看看自己的足迹。可惜是独自出来看雪，如果有人来陪该多好！我可以把我看到的说出来，可以把我的兴奋尽情地宣泄出来。

天一点儿也不黑，天空弥漫着柔和的介于红和黄之间的颜色，美得让我有些意外。虽然路灯不是很亮，我却能看清雪花洋洋洒洒地飘落。走到路灯下，光强了许多，我清晰地看到雪弥漫在光束里，狂热地舞蹈！要是能拍下来该多好！此时好想抓一个路人过来，与他分享这一切，对他高呼："太美了！出来看雪真好！"可是寂静的周围，让我的冲动只能在心里翻滚跳跃，压抑着兴奋，真的好难受。

人就是这样，总有奢求，如此美丽的夜晚还想有个人来陪。其实外面有人在走动，大概也是和我一样爱雪的人。可是没有一个熟悉的身影，要是此时无意中发现熟人，我都想象得出自己会怎样欢呼。

我不时地仰望从天空飘落的雪花，看着它自由地飞舞。冬天有雪真好！真不知那没有雪的冬天该如何熬过。

第一次在下雪的夜晚如此专心地独自看雪，这才发现它如此柔，柔得像丝，柔得像绸，柔得无法用言语来形容，柔得让我的心陶醉在风中，和雪一起舞蹈。这样美丽的夜晚，如果有个人一起分享该多好！

一对夫妻带着爱犬，在雪地里追逐着谈笑着，雪花好似被他们带动着，和他们一起跳跃，一起欢笑。我相信这是这个夜晚我看到的另一幅美丽的油画！好想停留在这样的雪夜，坐下来和自己的爱人一起静静地赏雪，就这样依偎着度过浪漫的一夜。

似乎有许多小雪球在地上翻滚，是不是大风吹起了刚刚落下的雪花？定睛一看，原来是舞动在灯下的雪花的影子，它流光般地滚动，滚得那么自然，那么流畅，那么气势磅礴。我停下步来欣赏，觉得胜过无数大型晚会精心设计的舞美灯光。大自然赋予人类太多的美，此时让我独享！如果此时有人走到我身边，我会敞开心扉，在雪夜里和他拥抱，迈起轻盈的步伐，在雪夜里和他一起舞蹈！

　　回到屋里，看到窗外的雪花还在飞，我流连在窗前，不忍错过这难得的美。如此美丽的雪夜，如此这般看雪，有个人来陪该多好！

# 流年怀春

不知不觉这个冬天就要过去，春的脚步悄悄临近。到了岁末这两天，天气异常寒冷，让我不禁想起连日来南方罕见的风雪，让一年漂泊在外的人们望雪兴叹，在火车站里焦虑地逗留的情景。

临近大年，自觉身心疲惫了许多。最近一些时日身体欠佳，单位的扫尾工作，以及迎接新春的家居清扫，让我更增添了一些焦虑。休休停停到了今日，该做的事情还没有做完，就连平日里必到的博客，最近也很少进入，慢待了许多来访的朋友。

也许是冬天外面过于寒冷，室内过于安逸的缘故，我比往年更懒散了一些，少了很多思考，终日里混混沌沌。偶尔睡足后，精神好了许多，我会整理一下房间，做一些家务，算是对生活有个交代。

昨日虽天气寒冷，心情却好了许多，第一次想认认真真地好好生活，逛了市场，买了些年货，算是开始为过年做些准备。市场里人流熙熙攘攘，好久没怎么询问价格，一打听，涨得惊人，就连中午准备放在汤里的香菜都卖到了一元一根，我恍如隔世。

每年春节前喜欢买一些水仙，到了春节，水仙花就会开放，室内会充满浓郁的花香。看到水仙，自然挑拣了一些买回家。

我本喜欢简洁的绿色植物，平日里家里净是些绿萝、吊兰、伞竹、富贵竹之类的绿色植物。只是前年春节，我心血来潮买了一盆仙客来，是因为花的艳丽及名贵，才忍不住抱了一盆带回家。希望一年的忙碌过后，节日期间能有些好友登门造访，另外，鲜花盛开也预示一年的好光景。我对养花素来没有什么知识、技巧，于是细心地向卖花人打听花的习性，以及培植的主要技巧。

也许因为它是家里唯一一盆开着鲜艳花朵的植物，我对它的关注就稍微多了些。它竟然生长得很好，花期很长，有时能开上1—2月，一年两次花期，过了元旦便进入花的最盛时期，花蕾不断长出，交替开放，一直开过大年，即便不在花期，叶子也郁郁葱葱。这样，我便对它格外喜欢。

水仙则是大年的客人，每逢大年，到家里走上一遭，像是过客，来去匆匆。它的花期很短，一年中只有在这个时节，它活得好些，显得有些金贵。这几年，每逢大年到来之际，我会买些回来，生在专为水仙准备的像笔洗样的瓷质花盆里。在我的注视下，水仙速度惊人地生长，不过十天就会长得郁郁葱葱，然后在浓浓的绿色中开出许多粉白色小花，花香宜人。再不过十天，花就会慢慢地凋谢，叶子也一点点枯萎。听人说，水仙枯萎后，收藏它的根茎，隔年还会开花。出于好奇，我曾尝试，结果没有成功。每次花开过后，我用收集袋收好，放到卫生桶里，等来年重新寻找，于是它成了我家植物中更新最快的常客。

每逢水仙花开时，它会被固定放在客厅的茶几上，浓浓的花香弥漫整个客厅，晚上躺在沙发上，嗅着花香，会很快进入梦乡，那香味一直弥漫到梦境中。

水仙和仙客来都以自己的方式见证着冬春的交替。

窗外一阵鞭炮声打断了我的思绪。今天是小年，灶王爷上天的日子，从今天开始，正式进入大年倒计时，今年立春在大年前，双重意蕴。在鞭炮声中，我似乎听到了春天匆匆赶来的脚步，我的心也开始随着春天的脚步起伏……

有好多事情要做，就此搁笔。

# 似水流年话重逢

当岁月在不知不觉中划过，那逝去的时光悄悄离我们远去，青春的记忆如流星雨，短暂且绚烂，留给人们璀璨的美丽……

说来奇怪，在学校里，我们班女生好像太过霸气。每到课间，女生占据教室的所有空间，再看男生，一个个靠在教室门外站着，就算冬天，也很少有机会在课间围在火炉旁享受温暖。赶上雨天，男生们躲在教室里，只能无声无息地坐在座位上，女生们会无视他们的存在，毫无顾忌地上演自己的戏码，俨然这个世界只有这么一群"野蛮少女"。现在想起来还闹不清楚，男生当时是什么心理，是不和我们计较，还是根本没有机会，抑或是怜香惜玉？

二十年后，初次聚会，女生们却一改当年的英姿，躲躲闪闪，直到见面才发现，我们这半壁江山已经残缺得可怜。严重的比例失调，使我们再没有了当年的风范。不过物以稀为贵，男生们还是够绅士。我曾经的同桌，第一个和我打招呼，凑到我面前问："我的同桌，你还认识我吗？""你说什么呢，老样子，一点儿没变，我怎么会不认识你！"的确认识，可是我叫了好几次他的名字，直到最后都一个字没叫对。"还说认识，连我的名字你都没有说对！"这下我还真有些不好意思了，幸好有人提示，算是解决了问题。

这次重逢，少了很多熟悉的面孔，取而代之的是似曾相识，但又觉得生疏的模样。当年男生与女生界限分明，致使我们多年后重逢多了很多拘谨。就连一个男生暗示自己曾经暗恋一个同学，我们都没好意思追问下去，要是再有下次，绝对不会放过，坦白从宽！同学之间彼此寒暄，回忆曾经的光景，畅谈分别后各自的发展，记起曾经无意中碰面却几乎不敢相认。时间如流水般划过那个夜晚，分手的时候才觉得不够尽兴。

前日同学突然找上门，说是准备再次聚会，上次我只是被动接受，这次我突然好想更多地参与其中。得知我乐意帮忙，同学很高兴。我急忙记下了将要联系的同学的电话号码。电话号码在我的包里睡了两天，同学的催促让我拿起了话筒。好失望，我拨了一连串，竟没一个接通，好容易接通一个，对方却不在家。

晚上，接着打电话。第一个拨通曾经的好友香的电话，一个陌生的声音传来，我核实一下，并没打错。我报上自己的姓名，对方非常激动："真的是你，不敢相信！""你好狠心，第一次聚会，竟敢不去，还能有几个20年？""对不起，上次真是抽不开身，真的好想见到你们。""知道吗，准备第二次聚会，怕你不来，我就亲自来邀你。这次你再敢不来，我用车给你拖来！""我现在就想见你，不如你周日就过来。""不行，我要等到平安夜，如果你真的想我，就不要再错过！"我们在电话里聊了很长时间，约好见面以后接着聊。

接二连三打通了好几个电话，真是幸福，我沉浸在对重逢的憧憬之中。今年的平安夜将是似水流年中一个让人格外期待的日子！

# 26 载弹指一挥间

曾记否，同学少年，再回首，弹指一挥间！

人生有多少个 26 年？26 年后，当我们再聚首，那翩翩少年、如花少女，如今已步入不惑之年。当我们如约相聚在圣诞之夜，那种唏嘘慨叹，无以言表。

离约定时间还有两个小时，同学便打来电话督促我。说实话，我心里早就蠢蠢欲动，努力想把自己拉到工作中，可是一颗心早已飞向一个地方，眼睛不住地注视着时钟，盼望那一刻快快到来。

终于还是忍不住，早早地请假出门，匆匆赶到聚会地点，同时到达的还有当年公认的帅哥。老孙早就等在那里，我们开始策划如何进行。我和帅哥首当其冲，参加采购，为大家准备饮品，还有许多小食品。我们采购的过程中，青青赶到了，我们自然是以拳相击："好啊，你组织活动，竟然落在我们后面。"我和帅哥一起向她发难。青青对着帅哥发愣，想了半天也叫不出名字。没办法，26 年前青青就是这样，好在我在一旁提醒，她终于过了这一关。

还没到约定时间，大多数同学已经赶到，大家见面分外亲切，都在细细打量对方。全班变化最大的是春增，每个同学和他见面，几乎都不敢认他了。

从外地赶过来的来增，因为时间仓促，连制服都没来得及换，惹得同学们直呼："过于严肃，赶紧脱掉！"并强烈要求他下次一定要便装出席。

17点30分，全员到齐，我隆重地宣布："八一届高中同学圣诞聚会开始，同学们，掌声、欢呼声响起。""感谢本次活动的发起者青青！今天的全部费用由青青承担，但我们不排斥哪个男生英雄救美，希望男生们拿出点儿风范，但愿下次聚会由你们发起！""好！一定！"没想到一向不太爱说话的春儿竟一语惊人："男士邀请，也许我们不来，但是女士邀请，我们万死不辞！"哈哈，原来以前的不动声色是装出来的。在笑声中，大家举起酒杯，共庆再相会。

洪祥举杯感慨："我们今天聚在这里，想起毕业前老师的一句话，你们现在也许不相信，当你们走出校门，再想聚在一起，就很不容易了！今天再聚首，才理解老师当时这句话的含义。"

青青更是感慨颇多，她说在国外经常看到别人参加同窗会，看到她们与同学开心地相聚，她好羡慕。那时她就有个心愿，回国以后一定要组织同学聚会，可是回来一年，苦于奔波，一直难了心愿，幸好有一天遇到了国菊，才促成这次活动。

大家感慨着26年光阴如白驹过隙，我们在两年前才有了第一次聚会。本来开席前我们想把男女生分开，可能还是二十年前的老习惯，有人提议把桌子并在一起，于是全体总动员，两桌合成一体，所有同学围坐在一起。

说来奇怪，上学时班里的男生极为儒雅，26年过去了，他们竟没有太大的改变。倒是帅哥一改以前的儒雅与深沉，找到自己的同桌频频举杯，还不断调侃着赞美，结果刺激到了一众女生，大家群起攻之，他招架不住，只能以讨饶告终。

大家拿出旧时的毕业照，一一寻找没有来的同学，了解他们的境况。我们又情不自禁地想到已经年迈的班主任于老师，知道他的身体不太好，这样的场合他很难出席，于是商定年前到老师家里看望他，送上学生们深深的祝福，希望他能够永远平安幸福。

我的电话响了，是正在工作中的同学术海打来的，他说等客人们一走，无论如何，一定赶过来。我说我们一定等他，约好在歌厅见。

因为场地限制，我提议女生合影留念，男生自告奋勇帮忙。男生们也学会了和我们计较，不断地抱怨怎么可以把他们丢到一边。女生们说，不会给他们机会的，此时一定要把他们排挤在女性的半边天之外。大家笑声不断。我也为男生们拍下团聚的一瞬间。

20点30分，我们转到聚会的下一站——"知心人"歌厅。当音乐声响起，我们唱啊，跳啊，聊啊，度过了2007年最难忘的一晚。

当午夜降临，圣诞的钟声响起，我们彼此祝福，彼此挥手告别。在这样一个值得回忆的夜晚，我们约定，以后绝不会再等20年，我们相约以后的每个平安夜都一起度过，希望每一年的今天都能够相见！

# 追忆逝去的青春

　　"五四"青年节，已经成为我遥远的记忆了。无意间看到网上有人追忆青春，发了年轻时的照片，我颇有感触，于是心血来潮，翻开老相册，把自己带回曾经的青葱岁月。

　　记不清是哪一年的照片，稚嫩的脸上写满青春的气息。那个年代，只有到照相馆里才能照标准的一寸照片。记得彩色照片是在一个海员亲戚那里看到的，从国外带来的相机和胶片，照完还要拿到国外冲洗，有时需要半年，甚至一年才拿到照片。

　　那时生活水平与现在无法比，在幼师上学每月有十几块钱的补助，足够做我们一个月的伙食费。学校的饭菜很好，一份菜一毛钱，一个馒头四分钱，最贵的菜五毛钱，平时我们很少触及。不知谁偷偷拍下了我们在教室里的身影，现在看来珍贵无比。

　　宿舍是教室改的，大宿舍里有24人，小的也有16人，上下铺。除了床以外，公共空间很有限。宿舍人多，自然很热闹，但也不免有小矛盾。记忆最深的是女排比赛时，那时宿舍楼只有一台电视机，在二楼，我们干脆放弃，靠收音机听直播。中国女排夺冠后，整个宿舍楼沸腾起来，有人大晚上跑到操场上奔跑，有人敲得饭盒脸盆叮当响，第二天发现有的同学把饭盒都敲瘪了，那时很少有不锈钢制品，只有铝制饭盒、饭勺。这张照片是坐在宿舍下铺的几个同学的合影，虽然很艰苦，但大家在一起真的很开心！

当时所有学生都住校，每逢周日休息，我们几个要好的同学就会相约一起逛逛滨江道、劝业场。商场里人山人海，遇到柜台打折，人更是挤得水泄不通，那时大型综合商场寥寥无几。有时我们还会去水上公园、北宁公园、动物园去玩，到美院看画展。课余时间，我们还会组织排球联赛，我只能当观众。我们常到画室画素描、水粉画，争着到琴房练琴，闲的时候还写写文章、打打扑克，生活丰富多彩。美好的时光留下了太多回忆。

快乐的时光飞逝，最后一个学期，学校组织学生到北戴河游玩，自愿参加。这是我第一次真正意义上的旅游，而且是和同学们一起。关于这张在孟姜女庙前与同学的合影，因为时间太久了，我能记起来的也就是讲解员讲的孟姜女哭长城的故事，以及那块望夫石前。记忆最深的是，回来的路上，大家三三两两地讲起传闻中我们的乐理老师的爱情故事。他曾在乐理课上深情地讲述贝多芬与爱丽丝的故事，深情地演奏钢琴曲《致爱丽丝》，真的蛮打动人的。就是从那时起，乐理老师爱上一个女生的传闻不胫而走。不过，当时我们只看到了老师的迷茫与失落。后来，常常看到老师在操场上迎着风独自打羽毛球。

从北戴河回来，紧张地复习考试，考试过后，我们就开始准备毕业典礼，一起做着各项筹划。记得当时用班费买了通讯录，我来做首页的版画制作和毛笔字书写。我们小组设计了小图案，用版画的形式，印到每页上，那时还不懂"logo"这个词，现在看来这就是当时我们的"logo"。还要准备毕业典礼流程、送给老师的礼物等。那些天，同学们开始互留联系方式，其实就是家庭住址。班委会编辑了通讯录。毕业典礼那天，我们穿上校服，先是1982级全体师生合影，然后是班级合影，接下来是毕业班汇报演出，最后是班级毕业典礼。同学们互相留言，写在小小的通讯录上，然后抱头痛哭。回到宿舍，几乎没有人说话，大家沉浸在依依惜别的情绪中。后来，宿舍里的同学一个一个离开。带着这份眷恋，我们走上了各自的工作岗位。刚毕业的一两年中，同学间有频繁的书信往来，在学校里不曾说的话，在信里诉说，新年会收到来自同学的很多明信片。再后来，联系渐渐少了。

刚参加工作那年秋天，流行一款风衣，我买了一件枣红色的，这是我的第一件风衣，我感觉穿在身上很洋气。当时，这就是很时尚的服饰了。

参加工作后的第一个暑假，我和一个同学，还有一个同事，乘坐火车，去找在北京工作的同学玩。在北京百货大楼旁，我们找到了那位同学，异地重逢，那种兴奋不言而喻。在北京的几天里，我们住在同学的宿舍里，开始了一张地图游京城的活动。那时故宫、北海、景山、颐和园的门票只有一毛钱。记得在北海划船，突然起风了 我们越是着急，越靠不了岸，工作人员用长长的钩子把我们的小船钩到了岸边。我们几个人挥汗如雨地第一次爬香山，那时香山的路是没有修缮的山路，同伴擦汗的毛巾能拧出水来。最后一天，我们去了八达岭长城、十三陵、八大处，还有什么已经记不起来了。我们不知疲惫地跑遍了北京著名的景点。记得我还花14元买了一套裙子。玩了一周，花了40多元钱，现在想起来真是太值了。只可惜那时精打细算，竟没有留一张照片，以至于后来很遗憾，在天安门前没有照相，都没留下跟别人炫耀的机会。

我的青春，在我认识了我老公以后，提前终止。我还没来得及好好地回味青春，就在一年以后结婚了，告别了我的青春岁月。

## 记得那些美好，就是我们一起回首

出门时，仓促中找不到钥匙，我错过了与人一起散步的机会，匆匆地赶路，想找到同行的姐妹，却在寻觅中忽略了一路的风景。

2017 转眼即逝，那过往的日子能记下来什么呢？暑假到寒假，我像上满发条的钟不停地运转，只在身体不适时原地踏上两步，又匆匆启航。就像今晚带着追随的目的出发，忘记了出行是为了休闲散步，去时一直看着前方，追随着见不到的身影，直到到了终点也没找到。

回来时，我放弃了寻找，回到了自己的初衷。我沉浸在自己的世界里。离新的一年还有一天的时间，也许因为年长的缘故，许多事情都已淡忘，但也有些事深刻于心，怕是今生难忘。路边的灯散发出璀璨的光，来往的行人和车辆再怎么喧嚣，也打扰不了我。有很多美好的记忆，若能和你一起回首该多好。

就这样孤独地走在街上，似乎走到陌生的世界。其实这里并不安静，但周围的一切似乎和我毫不相干，我孤独地走在街心，任思绪毫无束缚地蔓延。又是一年，忙碌中忽略了很多，原来我还会寂寞，还会觉得孤单。

走进暗处，无人的空旷，我竟有些害怕，远处不同方向的灯光，照出不同的影像，我竟有些不安。偶尔回头偷窥一下，原来是被自己的影子吓到了。倒也有趣，久违的感觉，总算在这独处的夜晚，感受到了一直以来被忽略的东西。

十字路口等红灯时拍下此景。人生有多少次，站在路口，何去何从，无从选择，可是必须选择，谁知每一次选择是对是错。每一步何曾不努力前行，尊重内心，不计后果？就这样日复一日，无怨无悔。

等待的时刻，我仰望对面的酒店，招牌闪亮。每个地方，每个建筑，每个物件，被赋予了记忆，才有了温度，不然就算随处可见，又能怎样？

网上都在晒 18 岁，我也在想我的 18 岁。那年做了些什么？噢！那年离开家门，走进另一个校门，穿上蓝白相间的校服，和一群从未谋面的人走在一起，开启一段新的生活。那一年那么遥远，可依然可以回首。

想好了写点儿什么，可是真的零散，难表心意。再过一天一夜，2017 就成过去，这个年份对于我来说也许意义非凡，也许无足轻重，那又怎样？用文字留下点儿什么，也许根本算不了什么，但还是希望 2017 和我相遇、相识、相伴、相处、厮守，以及擦肩的所有人，都可以和我一并回首，回忆一起经历过的美好。

还记得吗，我们一起挥汗，一起吵闹，一起欢笑，一起流泪……太多的往事都将成为记忆，但可以留给将来，我们坐在一起，慢慢回首。

知道你们已睡下，但无论在清醒时分还是梦中，每个夜晚到来，都能叩开记忆，一起回味曾经的美好。

第二编

纵游

# 一个人的旅行

一直以来，向往一场说走就走的旅行，似乎这是每个人年轻时都有的冲动。随着时间的流逝，我感到一种恐惧，生怕自己很快老去，该做的事还没有做，该去的地方还没有去，最渴望见的人还没去见。

想象一场独自旅行，去自己想去的地方，路上没有熟络的人打扰，可以安静地欣赏一路的风景，静观身边万物，目睹人生百态。也许这是一种向往，真正踏上一个人的旅途，那种寂寞也很考验人。你一个人安静地看着周围的一切，就像一个小孩子一样，单纯地只是在看，静观其变。你会发现与人同行很难注意到的东西。你会发现自己也能记得走过的地方，可以找到要去的地方。你会主动向旁人求助，旅行的每一个环节都要想得周到，都要亲力亲为。你会发现你可以不依赖任何人，做很多事情，突然觉得自己变得强大。当然也会犯傻，你会心一笑，又觉得自己好笨，别人看起来很简单的事情，你却做得那么蹩脚。你也会得到好心人的帮助与提醒。一个人出行，你会发现，就连最简单的事情都会变得复杂一些，因为你要看管好随身物品，无论什么时候都要顾及它。

忽有一景闯入眼帘，这时你不必忙于给别人拍照，可以悄悄记录这景致，留着慢慢品味，若是再配点儿文字，那就是以后可以回忆的有趣的故事。记得一个中午，人们正酷热难挨，忽然一阵细雨袭来，我躲在一家木制的餐饮店内避雨，隔窗拍下极美的景致。当时身边坐着一个帅帅的男士，有点混血的感觉，虽不相识，但也曾对视，点点头，算是打个招呼，喝着同样的解暑汤，也许这是前世五百次的回眸换来的一次擦肩，谁又知前世我们是否相识过。

若风轻云淡，你会毫无顾忌地放眼望去，看那幽蓝的天空，碧绿的草地，清澈的河水；你会闭上眼睛，忘掉尘世间的一切烦扰，听着虫叫，嗅着花草清香；你会很自然地融入周围的环境中，化作其中的一分子，成为一道亮丽的风景线。你可以做草，可以做花，可以成为一滴露水，也可成为一缕清风，这时你能聆听到从没有听过的声音 你能了解到你内心真实的感受。

若逢碧荷连天，也许你会化作采莲人，踏着清晨的朝露，轻摇双桨，听着潺潺的水声，看着莲花摇曳着动人的腰肢，你会嫣然一笑，还是轻拂暗嗅，抑或赋诗一首？浮于外在的表象，映衬出内心的期许。

想独自旅行，这个想法并非唐突。几年前双亲远去，痛彻心扉的悲伤过后，我需要换一个环境来改变心境，加之有些烦心事让自己一度灰心，幸运永远偏离我，自己被阴郁的情绪笼罩。那些日子，我无法排解胸中的郁结，于是想逃离自己生活的圈子，去一个陌生的城市，没有认识的人，不必考虑那些复杂的人际关系，哪怕只住几天，在陌生的街道上走走，不用顾及任何人的感受，没人理睬，没人打扰，放空自己，远离嘈杂与喧嚣。

就是这样简单得不能再简单的想法，也会被一些人质疑，这个世界是怎么了？

人生有好多无奈，你的言谈举止也许有很多人难以接受。为何不试着理解与包容呢？莫以己之心揣度别人，每个人都有选择生活方式的自由，想走就走，不要被别人的思想左右，做独特的自己。

选择传统的方式，体验年轻时的过往，这时才发现，时过境迁，很难找到过去的影子。就像现实中相遇的两人，真的可以保持初见的美好吗？当列车开启，你不知前方将遇到什么事，结交什么样的人。在未来未知的情况下，你是不是隐隐约约地会有一种期待？期待的也许是一片美丽的风景，也许是一则动人的故事，也许是一段刻骨铭心的记忆。

若让我选择，我仍选择前行，一个人背起行囊来一次说走就走的旅行，即使看不到风景如画，即使感受不到什么独特的风土人情，但可以自己思考，可以不断摸索，可以把那些纷纷扰扰抛在脑后。

一个人的旅行是我的向往，只有尝试才能看到貌似孤寂的旅途中令人意想不到的风景，也许那正是今生一直寻寻觅觅的世外桃源。

# 如水心，爱山情

是柔情里缺少了刚毅，还是如水的性情里孕育了坚强？我一个女人，生于平原，长于平原，却偏偏爱上了大山，偏偏向往独居山中的生活。

我第一次亲临山的怀抱，感受山的雄伟，是在1989年。那年，我走进了五岳之首泰山。应该说很幸运，在众多名山中，我第一个感受到的是泰山。

第一次登山，我起得很早。旭日还在云中酣睡，我们已经带上行囊悄悄地出发了。泰山由远及近，我再也按捺不住内心的激动与兴奋，第一次把山柔柔地印进眸子里，爱山之情如水般流进心中。

踏上泰山的石阶，我有些忘乎所以，脚下弹跳着快乐，那压抑已久的激情在心中涌动。我想唱，我想跳，我只能放声高呼：“山，我来了！”“山——我——来——了！”在我眼里一向矜持的山回应道。这是我第一次置身于山的怀抱，拥挤的人群中，我如处无人之境，好似山中静谧的小草，任凭山风抚慰，聆听松涛在耳边低语。我能感受山的呼吸的韵律。

第一次走进山里，有一种“曲径通幽”的感受。山路崎岖，山峦起伏，我不禁想山间小道的尽头是否有世外桃源，山中的小屋内是否留有仙人隐士，山洞里叮咚的山泉会不会流出长发妹妹的欢笑，是否有人早早备好香茗，以备闲谈？

第一次登山，我感受到，山脚下无论有多少人一起簇拥着上山，山顶无论有多少人同时欢呼，登山的过程中都没有摩肩接踵的拥挤，我可以静下心来和山安静地交流。

走到山间小溪边，我试着与山嬉戏，向山撩动溪水，山安然地任溪水在身上流淌。我被山的宽容迷倒，好想醉倒在溪边，醉卧在山的怀抱，听溪边人们嬉戏的声音，听那声音在山谷里回音缭绕。

第一次身处山中，心中无杂念，心静如水。山道旁的一株草、一片树叶，看起来都那么亲切；山中的野果、一朵不起眼的小花，也会让我惊奇不已。我若带着画笔，一定会静静地坐在山间，眼望着群山，把它融进自己的画里，揉进自己的心里。

泰山的石阶路对于生活在平原地区的我来说是一个不小的挑战。当年自己还算风华正茂，年轻好胜，走在同行者的最前端。爬了一段以后，脚下渐渐沉重，身上多一瓶水就觉得负重很多，我甚至想把随身带的水扔掉，还好有同伴帮忙，算是没有犯下错误。挥汗如雨之后，我们需要不断地补充水分，才能在山间继续行走。

身处山林里，看不到天，也看不到地，我觉得自己置身于大山为我编织的梦境中，体验到"只在此山中，云深不知处"的感受。我被山的神秘吸引，情不自禁地想：不回去了，我要永远生活在这里……

我的专业与艺术是分不开的，虽说只学皮毛，但这并不影响我对它的追求。第一次站到泰山碑林之下，众碑的巍然耸立，使我感受到历代艺术大师的风范。我感受到自然与艺术的完美结合。我看到山的智慧，山的巍峨，惊叹于山造就了这样令人瞠目的艺术瑰宝。

"会当凌绝顶，一览众山小。"第一次登上泰山之巅，我发现视野是如此辽阔。我站在坚硬的山石上，在薄雾中隐隐约约看到山袒露着臂膀，张开怀抱，疾步向我走来，我振臂高呼："我来了！山，让我投入你的怀抱！"我品味着被群山环抱的独特感觉。

我就是这样喜爱山，喜爱被山包围的感觉。就算是荒山，光秃秃的悬崖峭壁，我都会被它的孤傲吸引，更会为它天然铸成的险峻惊叹不已。

爱屋及乌，我爱山，与山相关的，我同样喜欢。

在都市里，你永远见不到那么清凉的溪水，光斑在水面上跳动，犹如小精灵。淑女的脚此时绝不会再藏在靴里，踏入水中的那一刻，从脚底到心里，一下清澈得能让人忘了自己。

我就是喜欢山，喜欢与山相关的任何东西……

# 苏州行

2008 年初冬，因为工作的缘故，在上海逗留几日，辗转于沪杭之间，工作之余和朋友一同到苏州游玩。

大概在第一次去杭州的时候，我就有了去苏州的念头，只是过了好些年，一直缺少机会。这次到了上海，苏州近在咫尺，我再也不想错过，便达成此行。

苏州的初冬像极了京津地区的晚秋，天气刚有点儿凉，却很舒适。到苏州的当天就有风，不算大，但也足够把好多快要坠落的叶子吹下，地上翻转着许多落叶，一种落寞的情绪油然而生。此景正符合我当时的心情。

我和叶枫认识三年了，已是无话不谈的好友，却无缘见面，只因分隔两地。说实话，苏州之行也有这方面的缘由。看起来不大可能，但我还是有那么一点点期待，期待与他见上一面。也许上天注定吧，我们有缘相识，无缘会面。来苏州的前一天，我得知在我出行前他也出差去了南京，虽不是很远，但第二天还要去徐州。我知道后多少有些不悦，觉得不该如此，但毕竟是因为工作的缘故，便也不好说什么，但心里还是怀疑他是否故意躲我。因此，到苏州后，一直有初冬的凄凉之感。

毕竟是头一次来苏州，那些上学时在笔记本夹页里才看到的拙政园、虎丘塔就在眼前，不能轻易地错过，我收拾一下心情，沉浸在周围的景色中。

迎面便是虎丘塔，甬道两旁的树就像精致的江南女子，摇曳着绚烂的红色、艳丽的黄色，还有黄绿相间的外衣，抖落着零星碎雨，那雨不是水，而是那些即将离去的叶片。我忍不住接住几片，悄悄放在地上，一片红色的枫叶却停留在我的掌心。若是今天他在苏州该多好，也许此时他可以和我们一起游园，他熟悉这里的一切，就像我熟悉他的笑容一样。

"喂！帮我拍张照吧！"我的思路被打断，我愣了一下，翻出相机快速地拍照。

也许来得不是时候，选错了时节，我觉得苏州与我想象的有些差别。可能是已到了冬天的缘故，拙政园里的许多树虽然还是绿的，看起来却少了些生机，那些看起来很名贵的盆景，也不够富丽。就连那本该一尘不染的街道上，也有许多落叶落寞地躺着，把整个街道渲染得有些潦倒。幸好路旁那些矮墩墩的树依旧郁郁葱葱，和此时北方萧条的树相比，似乎好了许多。街道不算拥挤，我走在人群中，却内心空寂。

到了旅馆，下了车，我忍不住看看两侧，好期待有一个身影闯进视线，就连进门的那一刻，还忍不住回头，希望奇迹可以出现，但终究是失望。

晚上，在旅馆里，"到苏州了吗？明天晚上我可以回去，我现在在徐州"，少许对话，电话挂断了，一片沉寂，一夜无梦。

第二天早上，似乎轻松了许多，我知道一切不太可能，因为今晚前要回到上海，收拾行囊返程。

# 浅遇拾光

    江南古镇的特色在周庄一览无余。这里很热闹，街道上人来人往，河道旁店铺林立。我们先游览了一些名宅，听着导游讲述周庄建造的始末，听着看着，最后还是忍不住被那些店铺里富有江南特色的花花绿绿的小商品吸引，淘了许多小物件，或留给自己，或送给朋友。

    回到苏州城里，风比前一天要大，但江南的风比北方温和许多，人并不觉得冷。我在茶庄选了两盒碧螺春，在商场选了一条丝巾，准备送给好友，匆忙地回到车上，车渐渐远离苏州城，我带着心中的遗憾，告别了苏州，傍晚时分来到上海火车站。

    车快要进站时，一个电话打过来，我知道一定是他。"要回了吗？我刚回到苏州。"我的眼中似乎有些晶莹的东西闪动，但终究没敢落下来。"我回去了！""什么时候还能来？"

    通话后我略感欣慰，也许他和我有着同样的遗憾，也许我们注定今生会有这样一次擦肩。苏州，我走了，不知还有没有重逢的那一天……

    后记：从苏州回来后，一直没有写什么，因为能记下来的感觉只有这些，至于苏州那些传说中的美景，能记下来的本没多少，也许是没有用心浏览的缘故。已经过去两年了，对于苏州的印象越发淡漠了，可是那落寞的感觉在内心一直停留，记忆犹新。两年之后，我还是忍不住记下来，算是给苏州之行一个交代吧。

# 只缘恋在此山中
## ——游庐（一）

中午时分，从庐山回来，经过一夜的颠簸，半日的辗转，终于坐着同行的朋友的老公开的新车回到家中。我知道此时家里无人，沉重的行李，我只能一人拎到楼上。我拒绝了朋友的好意，自己一口气把行李拎到四楼。打开家门，和出门时没有两样，临行前被精减掉的小镜子还放在床的左边，窗是紧闭着的，外面的天气实在有些沉闷，似乎是雨要来。我放下行李，喘着粗气。经历了几天的奔波，回到家，整个人马上颓废了，但身上的汗味，还有整箱的衣服，需要处理。我不敢懈怠，打起精神，冲了个热水澡，休息片刻，将箱内所有的衣物拿出来，开始手洗。一想每件衣服都有汗渍，就愈发不能忍受，倒入香香的洗衣液、香香的柔顺剂。一想到每次穿上洗过的衣服，那淡淡的香味萦绕在鼻尖，动作便更快。洗过衣服后，感觉胸部隐隐作痛，望着有些浮肿的小腿，我再也撑不住了，爬上床。

晚上只有自己在家，我做了绿豆稀饭、蛋炒黄瓜，算是填饱了肚子。饭后再也不想做什么，外面还在下雨，我无意间在手机上看到张抗抗的《我的节日》一文，细细读来，竟然产生了共鸣。我羡慕她当时在遥远的北大荒，竟能收到家人为她准备的生日礼物，也正是这份礼物，让她"突然兴奋、振作起来。在以后的日子无意中就扬起了头，天空也云开雾散，明朗起来"。也许这就是被惦记的幸福。

这次出门时间略长，走了很多山路，还好行程安排不是太紧凑，有了更多自由活动的空间。开始几天，我并没觉得累，因为山上温度适宜，这在伏天是很难得的。听导游说，庐山这座千古名山已成功申遗，没来过的人们更加向往它。

说庐山是中国山水诗的摇篮，一点儿也不为过。据记载，古往今来，文人墨客为其留下4000余首诗词歌赋。其中苏轼的"不识庐山真面目，只缘身在此山中"，深刻道出了庐山的神秘。而李白的"飞流直下三千尺，疑是银河落九天"，更是把庐山的气势淋漓尽致地展现出来。这些诗词歌赋铸就了庐山独特的人文风采。

徒步走在山间，沿着白司马花径走去，满目葱绿，若是晚秋或初冬，也许还能领略当时白司马"人间四月芳菲尽"的失意与落寞。"花径"传说是白居易在春天桃花盛开时题的字。那沉于水中的"花径"两字，被光影衬托得格外如诗如画。

花径湖又称如琴湖，在薄雾的笼罩下朦胧得如少女掩面抚琴。远处若隐若现的亭台树木多了几分韵味，耳畔似乎隐约听到琴声缭绕，带着几分柔情，几分婉约，几分神秘。

小桥流水旁，一尊石像，一处茅舍，正是传说中诗人白居易的住所。忽然联想起杜甫在成都的茅屋，难道伟大的诗人心灵相通，不然怎么会选择如此相似的处所？

也许是上了年纪，回忆庐山行的过程，总是断断续续的，很难串联起来，幸好留了很多影像，一张张翻来，才把那些零散的记忆串联起来。

庐山上的路很有特色，几乎所有的山路都是一样的，看得出是精心设计的，能工巧匠修砌而成。整条道路宽窄始终如一，两侧是平行的，中间同样大的菱形石砖，角对角，看得出设计的痕迹。最让人感叹的是，空余的地方用一细条一细条小长石排列，既错落又有序，形成凹凸的纹理，衬托得菱形更清晰。当然，在湿漉漉的天气里，它还具有防滑的重要功能。

踏着山路，驻足于大大小小的观景台，走走停停，欣赏一路的风景。我带着几分期许来到庐山有名的仙人洞。毛主席的著名诗句"天生一个仙人洞，无限风光在险峰"，使仙人洞名扬四海，众多游客慕名而来。关于仙人洞有很多传说，仙人洞又称佛手岩，相传唐代名道吕洞宾曾在此洞中修炼，直至成仙。后人为纪念吕洞宾，将佛手岩更名为仙人洞。山不在高，有仙则灵。

仙人洞进口是一个圆形的石门，门上方正中镌刻"仙人洞"三字，左右刻有对联："仙踪渺黄鹤，人事忆白莲。"入门后便见一巨石横卧山中，宛若一只大蟾蜍伸腿欲跃，人称"蟾蜍石"。石上有一株苍松，名石松。松下石面镌刻着"纵览云飞"四个大字，传为清末诗人陈三立所书。洞内有一池水，传说是由一滴泉形成的甘露池。

# 亦真亦幻难识面，亦实亦虚解其味
## ——游庐（二）

　　没来庐山的时候，生怕山上会很冷，查了天气预报，发现几乎都是有雨的天气。果不其然，还没出门，便下起了雨，时缓时急，我望天兴叹，今天进山的计划要泡汤。导游也建议改变行程，但雨并没有瓦解我们出发的决心。穿好鞋套，撑起雨伞，一行人乘车出发。我和同行的姐妹打趣，"龙行雨"两条龙一定会带来雨的。出乎意料，行至半路，雨竟变得越来越小，因为在庐山很难碰到无雨的天气，趁着雨小，我们重新规划，按最初的计划进山。

　　我们走进三宝树景区。三宝树景区坐落在黄龙山谷，有著名的黄龙寺，因山门前的三棵古树而得名。三树凌空，高约四十米，四人合抱那么粗，由一棵银杏、两棵柳杉组成，已有千年，因在黄龙寺山门前，有"庙堂之宝"之称。也有另一种说法，三宝树得名于徐霞客行记——"溪上树大三人围，非桧非杉，枝头着子累累"，指树粗约三人合抱，由"三抱树"演化而来。

　　三宝树被称为镇山之宝，由来已久，许多传说亦真亦幻。相传神宗皇帝在黄龙寺设临时行宫，想用三树桩做天然贺桌举行宴会，命百匠砍锯。百匠怎么砍也没用，锯拉不进，皇帝发怒，要杀工匠，众工匠围树哭泣。三宝树动容，开口教工匠如何砍锯自己，工匠为之感动，认为树有情，人岂可无义？工匠抱树，宁死不伐三树，皇帝获悉，赞赏树有情，人有义，收回圣命，"三宝树"从此保存至今。

关于黄龙潭和乌龙潭的传说也让人半信半疑。相传在很久很久以前，黄龙山谷中有两条桀骜不驯的龙——黄龙、乌龙，时常争斗，引动山洪暴发，周围百姓无法安居乐业。后彻空禅师云游至此，运用法力将二龙分别镇在黄龙潭、乌龙潭中。

如今只见溪水潺潺，瀑布飞流，游客络绎不绝，清澈的湖底早已不见黄龙、乌龙的踪影，也许它们藏匿于刻有"黄龙潭""乌龙潭"的岩石之下，在沉默中忏悔。也许随着岁月的流逝，它们早已冰释前嫌，和谐相处，守护着一方山林。

# 含鄱依约不识面，袅娜云烟遮望眼
## ——游庐（三）

清晨，雷声由远及近，风压抑着吼叫，本该大亮的时候，却昏昏暗暗。透着窗帘似乎就能看到天色，待拉开窗帘，雨已经落下，天气似乎没有想象的那么差。难得在酷暑中迎来一场酣畅的雨，也许雨后会凉爽些。

昨晚尝试回忆游庐山的情景，想到了那个下雨的夜晚。庐山有雨是经常的事，虽是盛夏，但庐山的雨和家里的雨完全不同，它来得更自然，更随意，更轻描淡写。

踏着细雨走在牯岭正街，一串串街灯点缀着夜色，旁边店铺打饼的锤声引来许多游客围观。看着有的店铺里堆成小山的茶饼，还有透着几分典雅的茶铺飘来茶香，不禁想起庐山最有名的云雾茶。

晚餐后小导游带我们步行去庐山恋影院观影。因为年代的缘故，影片的情节我早已淡忘，只记得两位主人公是当时有名的美女和靓仔。无论如何，也要重温一下影片，感受那个时代最前卫的电影。踏着湿漉漉的上下坡，心里盘算着明天的行程，期待着明天清晨的艳阳。

也许天空感受到了我们的期许，清晨，太阳终于出来了。我们雀跃着出发，阳光一直追随着我们。路还是弯弯曲曲，司机熟练地驾驶。几经周折，我们发现阳光时隐时现，似乎离我们越来越远，渐渐地，周围的山被雾环绕，"乍雨乍晴云出没，山雨山烟浓复浓"。山里的天气果然难以预料，先前的好心情受到了影响。无论如何，既然来了，那就接受上天的安排吧。

早早听了导游的介绍，盼望着到了含鄱口，奇迹出现，能一览鄱阳湖的壮观。含鄱口在庐山东谷含鄱峰中段，横亘在九奇峰和五老峰之间，张着大口似乎要鲸吞鄱阳湖水，因此得名。含鄱亭建在含鄱口上，成为观日出的最佳地点。当鄱阳湖上晨光熹微，水天一色，一轮红日射湖而出，金光万丈，霎时间湖天尽赤，成了一幅绚丽的画卷。如今站在含鄱口，云雾缭绕，天地无界，登上含鄱亭，四周白茫茫的一片，人如腾云驾雾般，别说远眺，就连近处的山都影影绰绰。此时只有屏气凝神，闭目想象那海市蜃楼般的景致，让想象力驰骋，在内心勾勒出幽美的画卷。

我们在雨雾中走进植物园，体验了云里雾里穿行的感觉。植物园中更是朦朦胧胧，有种雾里看花的感觉，错过了花季，这里更多的是绿植。最让人惊叹的是，这里的蜘蛛也巧夺天工，将自己编织的网点缀在植物上，远远望去，犹如银丝挂在叶片上，添了几分生动与韵味。

离开含鄱口 走过植物园，到了大天池，天竟然放晴了。绕过天池寺，才发现大天池与我们想象的有很大出入。原来大天池只是一个放生池，池水清澈见底，池体见方，池边的栏杆被红色的丝带缀满，丈尺之间容下众人的期许。"叮咚"，掷两枚硬币，投中平安。我不太想被传说左右，更愿意在池旁用心感受。

站在池旁，我忽然想道：心有多大，舞台就有多大。所谓大天池，想来你的心胸有多宽，那天池就会有多悠远。不必拘泥于外形，可以在形神之间潇洒地穿梭，想象它的幽深，想象它的包容，容纳了天空，容纳了多少年来放生的灵魂。

寺后除天池外还有一小石门，观其门，忽想起宋朝叶绍翁的诗句："应怜屐齿印苍苔，小扣柴扉久不开。"如果这里有个柴门，是不是就应了这诗句？角门是开的，通向龙首崖，沿着小路走，想象着寺内僧侣下山的情景，颇有感触。此时阳光正浓，在龙首崖前看到云海逐渐将山绕上玉带，我兴奋不已。一个阿姨提醒游人不要轻易走到崖壁边，注意安全。

上来下去走了太多山路，加上天气不佳，我们放弃了小天池景区。还记得同行的朋友一起端坐芦林湖畔，又乘兴绕湖漫步，走过牯岭公园。做一个庐山客，去游三叠泉，期待飞流直下三千尺，领略"诗仙"李白那喷薄而出的诗情。

# 不到三叠泉，不算庐山客
## ——游庐（四）

到了庐山，乘坐旅游巴士的时候，你会发现每个座椅罩上都有一行字，"不到三叠泉，不算庐山客"，足见三叠泉在庐山景区的地位。

我们第一天下山，要去的第一个景点便是三叠泉。三叠泉位于五老峰下部，飞瀑流经的峭壁有三级，溪水分三叠泉飞泻而下，极为壮观，撼人魂魄。三叠泉每叠各具特色，"上级如飘雪拖练，中级如碎玉摧冰，下级如玉龙走潭"。开始以为李白的"飞流直下三千尺"就在这里，其实不然。据说三叠泉因长期隐藏于荒山深壑，隐居在它上源的屏风叠的李白、讲学在它下游白鹿洞的朱熹，都没发现它。直到南宋时期，它才被人发现。

生活在平原的人们，突然来到出门就是坡，走路就上台阶的地方，感觉充满了挑战。我们在爬山前准备了拐杖，尽量减少膝盖的压力。登山开始时还是艳阳高照，爬到第一个驿站时，我们大汗淋漓，稍休息后再次出发。抬着滑竿的民工在负重的情况下稳步前行。在领略风景的同时，我亦感受到了那像大山一样坚韧的精神。

我喜欢爬山，虽然辛苦，但登顶时刻会有一种说不出的成就感。这是我们此行爬得最高的山。每次登山都会有小小的亢奋，所以我总喜欢走在前面，这次例外，为了照顾同行的姐妹，我放缓了步伐。这样，我们也有了更充足的时间欣赏周围的风景。可能是错过了花季，我们发现开花的植物不多，偶尔发现树丛中散落着几朵小花。一潭泉水、一条小溪、一座小桥、一个瀑布，让人目不暇接。一些题字镌刻在山石上，与周围的景色融为一体，好似在碧绿的画卷上洒落了一抹红色。盛夏听着潺潺流水声，心中顿生丝丝清爽，我们早就把淋漓的汗水忽略了。

羡慕那些撩拨清泉的人，更羡慕那些脱掉鞋子，在溪水里自由徜徉的人。看到有人到一条大石缝中，我们再也按捺不住好奇，也顺着崖边走到石缝处，上面滴滴答答滴着水，依稀可见"天门潭"三字探出石壁。哇，潭上方，瀑布飞流，有一种别有洞天的感觉。

似乎最好的风景总是在最远处或最高处。走走停停，看了一路的风景，终于到达三叠泉，迎面扑来的是一股清凉，瀑布被风吹得水花弥漫在周围。我们在观景台居高临下，观看瀑布。三叠泉叠加又能清晰地分流，自上倾泻，瀑声如倾盆暴雨。清风徐来，水花如雾弥漫，三瀑叠加，汇集潭中，潭水清澈见底，周围聚集了很多游客。有的游客早已脱掉靴子，走到潭水旁，感受潭水的清凉。站到瀑布下，听瀑声如潮水汹涌，观瀑布如万斛明珠，九天飞洒。仰看与俯视各有雅趣，正印证了宋代白玉蟾的诗句："九层峭壁划青空，三叠鸣泉飞暮雨。"

次日，我们去秀峰。早餐过后，我匆匆上车，到了景区门口发现手机落在了宾馆，司机在我的要求下返回宾馆，失而复得的喜悦无以言表。我更觉得秀峰实乃福地，但因为小小的插曲，耽误了大家的行程，我有些过意不去。还好大家给予我的，更多的是理解，我感受到同行的朋友的温暖。

这是我们休闲行中的最后一天。秀峰山门前一石上刻有"秀峰参天"，还有李太白席地而坐的石像。其右边是一寺庙，旁边一梅花门里面便是有名的聪明泉。此时正值早晨诵经时刻，我们偷偷溜进角门，打开井盖，偷偷饮了聪明泉，窃喜地离开。其左边有一月亮门，上边题有"潭龙印月"，从这里走过去，便进入了景区。不愧是著名景点，这里留下了许多文人墨客的足迹。旁边山石上刻着不同年代不同笔体的许多文字，大大小小，有的清晰，有的模糊，这就是庐山有名的摩崖石刻。

庐山之美在山南，山南之美数秀峰，名不虚传。据传，南唐李璟少年时曾经在此筑台读书，继帝位后在读书台旧址建寺，名为开元寺。清代康熙南巡，手书"秀峰寺"，"秀峰"因寺得名。秀峰不但峰秀，而且瀑秀、峡秀、潭秀、林秀、石秀、寺秀，诸秀汇集，各施其妍。坐上缆车，在山谷中穿行，看看马尾瀑，领略一下李白笔下"日照香炉生紫烟，遥看瀑布挂前川"的壮观景象，再登文殊塔，在观景台吟诗诵读，体会一下"飞流直下三千尺，疑是银河落九天"的豪放情怀。还可坐在龙潭边环顾四周，静静地倾听溪水潺潺、鸟语虫叫。

我们从天上回到人间一般，去了浔阳楼。站在浔阳楼上，感受长江的宽广、九江大桥的宏伟。再寻一下锁江楼，领略一下经历四百年风风雨雨的锁江塔的沧桑，"凌空一塔耸吴头，问是江防第几楼"。

## 浅遇拾光

　　最后一站是远郊的碧龙潭。从那里出来，我们马不停蹄地赶往九江火车站，告别一周的行程，带着对庐山的美好回忆踏上归程，和同行的"驴友"道别，将收获的友谊珍藏。也许我们还会踏上新的旅程，在不同的风景里相遇。再见，庐山！再见，朋友！

# 一个周末，一处风景

又到了周末，禁不住诱惑，我再次搭上末班车，也许只为逃离，也许只为独自走进不一样的风景里。

这一周，身心是疲惫的，熬到周末，只想休息。休息的方式有很多种，我更愿意选择精神放松，于是短暂的出行便成了我的首选。那种离开熟悉的环境、熟悉的事的感觉，让人觉得轻松且充满惊喜，如此珍贵。何况在山里、在那寂寞的小路上独自行走的感觉，是我一直以来最喜欢的感觉，以至于每次登山，我总喜欢有那么一点点时间独处，独自前行，独自欣赏风景。说不清原因，也许那样才更接近自然，更放松。所以即便再累，去登山，也是我最喜欢的。

这个周末登山，偶遇装备齐全的团队，竟有熟悉的面孔，我看到他们似乎专业了很多，但这不是我的向往。装备齐全，似乎就少了那种最原始、最自然、最无拘无束的感觉。不过在上山的过程中累了的时候，真的觉得该有一登山杖，缓解膝盖和腰椎的压力，下次一定备上。不过没有也不必担心，山间偶尔发现的树杈，就可能成为原生态的登山杖，虽然不美观，也不怎么舒适，但是其辅助功能不可小觑，更重要的是，那亲近自然的感觉，是专业的登山杖不能比的。

很庆幸是在秋天，而且是秋末，选择出行。虽没见到红的枫叶，却见识了那通身黄透了的银杏叶，非常独特，令人忍不住将情思寄托于它。

其实这次出行是朋友最多的一次，却阴差阳错，没有走和领队约定的上山路线，我不忍心丢下领队，于是放弃了和朋友同行，和领队一起选择后山，那里的路更难走些。人生本来就充满挑战，选择很重要，我更喜欢挑战自己。走的路也许更难，但付出的努力与成功后的喜悦是成正比的。当然，也需要量力而行。

我常说，登山更多时候靠的是毅力，靠的是坚持，靠的是信念。每次快要坚持不下来时，就咬咬牙，自信地说："我能行！"当你的内心足够强大了，困难看起来就没那么可怕了。

一路艰辛，走走停停，为了每一处不一样的风景。努力过，奋斗过，你看到的风景便不再局限于眼前，那藏在内心的景致只有能坚持的人才可以欣赏到。

印象最深的是禅林寺周围的 13 株千年古银杏树，它们的树龄在 2000 年以上。至今仍枝繁叶茂。我来得正是时候，第一次看到银杏树的果实，原来可以有那么多。不知什么原因，在十三棵银杏树中，只有一棵挂着果实，其余的只有金黄的叶片。

还看到了形态各异的石刻，它们诉说着如烟的往事。残垣断壁记录着岁月的沧桑，我走进烽火台，从那些残破的青砖中感受着历史的烟尘。触摸着城墙，就像触摸到历史。远眺残缺的城墙，想象着远古人民为此付出的心血，不禁思绪万千。

一定要记录看到的这几个大字——"顶天立地"，做一个顶天立地的人,不趋炎附势,宁折勿弯,坦荡做人,鄙视尔虞我诈,鄙视虚情假意,无愧立于天地间。

　　一处风景,一个故事,一段经历,一种收获。走出去,会看到不一样的天空,收获不一样的友情。走进风景里,你就是画中人,风景里的精彩,有你点缀。因为景美,心情便美,那洋溢在脸上、荡漾在心中的自由与轻松,可以让你将心灵放飞于群山峻岭中、流淌的小溪间,心灵在自然中得到洗涤。有些地方停下来,会让你怡然自得;有些地方住下来,会让你怀疑人生;但不一样的风景,不一样的心境,这都能成为人生的阅历。

　　一个心动的周末,走进不一样的风景里,徜徉山水间,乐游天下路。期待下一个周末,下一道风景线,不再抵御秋的诱惑,把一抹红的记忆留在这个秋。

## 旅舍残春宿雨晴，恍然心地忆咸京

　　只是多了一日的假期，便按捺不住，想出去散散心，只是远没想的那么容易，简直可以用过关斩将来形容，最终未买到最佳出行时间的车票，不得不退而求其次、更次，算是搭上了末班车。如果说去时是造化弄人，返程则是因大意而失了绝佳的机会，只订到了早班车。

　　我从来没有想过，踏上西去的旅途，更无从想到，有那么一个傍晚，独自坐在城墙上，眺望远处。

　　走进这座城市，已是午夜时分，随着涌动的人流走出站台，难道是陌生限制了想象？熙熙攘攘的人群让我忘却了已近夜半。一切顺利，办理了入住手续，来不及欣赏这座城市，便进入了自由自在的梦的世界。

　　躲在窗边看一个繁华而陌生的城市。那沉睡的钟楼鼓，绵延的城墙，记载着历史的变迁。如果不是阴天，恐怕也日过三竿了。假期真好，难得如此放松，再也不用赶着时间，绷紧神经，上满发条。赖在床上，很惬意，早已将疲惫抛到另外的世界。想着此行的初心，不敢怠慢，走进熙熙攘攘的人群。不得不说这个季节是美好的，温馨而舒适，阳光柔柔的，让人身心自然地放松。信步走在街上，再多的人，好似都与自己没有关系，那孑然一身的感觉如此自在。

　　假期第一天，人们似乎还沉醉在自己的世界里。虽然时间不早，但比预料的要好些，有的地方可以随意拍照，也可以很快找到热心人帮忙。第一站，选择地标级建筑——大雁塔。近在眼前，却迂回地走了一段路，几路长队候在那里，还好，没有等很长时间就过了安检。

　　此时登塔，堪比登天，望着那长龙，想想那可怜的时间，只好选择回避，人生本来就充满了遗憾。此时倒是奇怪地想象出唐僧扫塔的画面，莞尔一笑，也许塔内没有什么两样，不上也罢，留下空间去想象。

　　也许是为了弥补不能登塔的遗憾，迂回地走过花墙，坐下来领略一下牡丹的风姿，看亭前交错的身影，想象一下这里古往今来的故事，也别有一番风情。大雁塔早已被一字排开的长龙环绕，放弃登塔的想法是明智的选择，此时才能细细地品味休闲放松带来的愉悦。

　　清风拂面，花香扑鼻。隐隐有乐声传来，循着乐声望去，原来跳跃的广场喷泉边聚集了很多人，他们是为动听的音乐，还是为那水的妖娆舞姿，抑或是为二者天衣无缝的配合而来？此时站在这里，想象夜晚来临时那些五彩斑斓的灯光该是何等美丽。此时，忽高忽低、若远若近跳跃的水花，早已绽放得让人不忍离去。

　　领略了音乐喷泉的曼妙，顺着幽静的小路，来到一处幽静之所。一片竹林，一个石凳，我眼前闪出《红楼梦》中湘云眠石的画面，如果横卧竹林，怕也会一帘幽梦吧！只是不着边际的痴想而已，我索性坐下来，拍张照片，也算圆了自己此时的梦。

这里太容易让人怀念起旧事，那廊前，那石后，那桥上，那山间，那云端，令人感叹"人生难得是欢聚，唯有别离多"。我们更需要的是珍惜，珍惜当下，过好当下。大多数时候，我们都一直往前走，很少停下脚步。疲倦的一刻，忽然停下来端坐，不禁怀疑以前都在忙些什么，为了什么。看到别人还在疲于奔波时，恍然间似有感悟，也许这时该做出另一种选择：少些羁绊，多些放松；少些执拗，多些洒脱。

黄河之水天上来，奔流到海不复回。来到壶口，那滚滚的黄河波涛汹涌，我被那磅礴的气势和恢宏的场面震撼。一道彩虹在水面划出，我看到了跳动的水花在空中的炫彩。有人问我此行的意义，我毫不犹豫地说，为了母亲河。

站在这边，能望到对岸的人群，那里是山西，不知以后会不会有机会站在那里观赏不同角度的壶口瀑布。无论站在哪一侧，母亲河给我带来的震撼是一样的。再见了，黄河！

早晨西安街区的公园里多了几分娴静，到了西安感受古都的风韵，不单是城门城墙，那些地标极的景区建筑，最让我印象深刻的，是走在街区城墙上，那些穿着汉服的三三两两的女生，有的婀娜，有的婉约，有的典雅 只是不方便拍下来，怕被人误解。好艳羡她们，若是自己年少，此时也会着一身汉服，亲身体验一下 只是此时自己却已过了冲动的年龄。

西安城墙城门有四：东曰长乐，西曰安定，南曰永宁，北曰安远。每门城楼三重：闸楼、箭楼、正楼。正楼高32米，长40余米，为歇山顶式，四角翘起，三层重檐，底层有回廊环绕，古色古香，巍峨壮观。永宁门，作为西安城墙正南门，原为隋唐长安皇城南面偏东之"安上门"，唐末改筑新城时保留，后扩建西安府城，易名"永宁门"。追溯历史，当年明朝大将徐达从山西进入陕西后，将原来的奉元路改为西安府，取意"西方长治久安"之意，这与永宁门字面上永保一方安宁的寓意相辅相成。可见古人将高耸的门楼，厚实的门洞，以及重重城门，作为安邦的必备基础设施。

随着熙熙攘攘的人群，走进古西安城区，登上城楼台阶。城楼一望，历史的烽烟扑面而来。夜晚的风，吹得发丝飘起，望着这座历经兴衰的古城，置身于此刻的安稳中，尤为感叹。

在热热闹闹的街区，忽然想起《大明宫词》中的元宵灯会，那涌动的人潮中是否有曾经追逐的梦想？想到太平公主摘下面具那一刻的青春懵懂，蓦然回首 那人却在灯火阑珊处。

大唐盛世，歌舞升平，那些文人雅士的诗词歌赋传唱至今。今日，这里的璀璨更加夺目。我带着留恋，带着期许，回归生活，憧憬未来。我期待着遇见下一个不夜城。

# 梦漓江

生活在都市边缘地带，徘徊于喧嚣与宁静之间，对周围的景物早已形成了一种漠视的态度，也许是因为连自然的草木都留下了太多雕琢的痕迹。从不敢奢想依山傍水，吸自然灵气之精华，融躯体于自然中。

早知"桂林山水甲天下"，风景如诗如画，但大多数时候自己只是站在卷外，赏心悦目一番，从未尝试走进画中，身临其境。

儿时，我对江南水乡情有独钟。一幅江南民居的画卷，让我对小桥流水、细花阳伞充满了期待。游过江南之后，那秦淮河上，香君楼前，及第门下，在头脑里划下了许多交织的痕迹。随着时间的流逝，回忆渐渐地淡化，但对江南，依然喜欢，只是那份憧憬没有先前那么强烈了。

对于漓江的描述，能记起来的只有"江作青罗带，山如碧玉簪"了。诗人对于漓江这样惟妙惟肖的描述，给它带来了更多引人遐想的诗情画意。

我忍不住要想——

若泛舟漓江，徜徉在湖光山色、皓日碧空之间，当微风掠过平静如银的水面，波光粼粼中会不会荡漾出微笑的群山？若有阳光洒在水面，那清澈见底的漓江会不会披上七彩的光环，将水中的倒影写意般渲染？

若徜徉在山水间，会不会听到空灵清脆的山歌？眼前会不会有壮族姑娘撩动花裙，嬉戏花间，在水边濯洗长发，轻插玉簪，漓江明镜反衬出她们的秀颜？

若细雨弥漫，漓江会不会如梦中仙境一般？雨中的漓江会不会开满朵朵花伞，水上走，岸边随，人声雨声汇合在漓江之上，出现打湿青罗带、冲刷碧玉簪的美丽景观？

若我把漓江的草木移植到家里，会不会把漓江的雨水引到家乡的河畔？我可以足不出户，听那犹如漓江上小舟划动的声响，嗅那草木散发的沁人心脾的芳香。

也许是因为没有到过漓江的缘故，我对漓江的印象只是停留在想象中。我想起一处风景，很多年前泛舟燕塞湖上，顺水流而行，小舟行于群山之间，那种心旷神怡的感觉不由得浮上心头。我想，若是真的行于漓江之上，单一个"心旷神怡"是很难抒发内心感受的，我有了跃跃欲试的冲动，对漓江充满了期待。

我徘徊在自然与梦幻之间。也许正是因此，我才会把漓江的山水放在梦中来幻想，这样才能一人泛舟漓江上，独绕青罗带，水中独拾碧玉簪。也许有一天，我与朋友共游漓江，会有更多的收获与感受。我相信。那时的漓江会在我的视野里变得更加生动，在我的笔下变得更加妙趣横生。

# 浙皖之行（一）

2011年的"十一"假期，我和几位同事相约再游黄山。临行前，我答应一位笔友，要把游历的过程写下来与之分享。也许是一些烦事扰了心情，回来后一直懒散，没有动笔。就这样拖来拖去，每次看到朋友都觉得有些不好意思，因为我真的失言了。这在以前是从来没有的。也许是因为日子久了一些，当时的情景有些模糊。这几日身体甚感不适，夜晚常常失眠，辗转反侧的同时，好想做些事来填补一下空洞难挨的夜晚，又怕扰了家人的清梦，好多时候自己忍着不作声。直到今日凌晨，实在耐不住，就打开电脑试着回忆一下，看能否写下去。

已到凌晨，安静得悄无声息。因为又触摸到久违的文字，心情一下好起来，我与文字就是有这样难得的缘分。

这次行程，我们不是单纯地去黄山，一路辗转，我有不虚此行的感觉。看惯了纷扰的都市人群，静下心来欣赏那幽静的民居，发现它透着古朴与精致。村落中央一泓湖水清澈地将民居倒映在水面上，水静如镜，让我不禁感叹其巧夺天工。这就是著名的"月沼"。湖边的人群络绎不绝，看起来却那么安静与闲适。四周青石铺展，粉墙青瓦，蓝天白云跌落水中。看此美景，我还是不免想想，若是夕阳西下，湖边只剩下我和他，坐在湖畔的矮堤上，看夕阳与相伴的身影在水中渐渐消退，直到星星点缀湖面，也许不需要言语，就那么静静地对视，我想那情景一定胜过电影里经过雕琢的那些影像。导游说电影《卧虎藏龙》的摄制组曾在这里取景。其实心中的"他"不复存在，但还是要这样空想，

　　宏村是少有的完整的古村落，有人称之为"中国画里的乡村"。宏村始建于宋代，距今已有近千年历史，为汪姓聚居之地。宏村汪九是唐初越国公汪华的后裔。整个村落占地30公顷，枕雷岗，面南湖，山水明秀。湖光山色与层楼叠院和谐共处，自然景观与人文内涵交相辉映，是宏村区别于其他民居建筑的特色，成为当今世界历史文化遗产一大奇迹。

　　宏村具有典型的皖南特色，许多住户厅内会有相同的摆设，其中蕴含着文化，导游滔滔不绝地讲述。可能是年纪见长的缘故，能记下来的已经不多，倒是桌上的一面钟旁边的瓷瓶和镜子，还有那些分了又合的餐桌，让我了解了曾经的主人那些细腻的情感。

　　夕阳西下，水边一位乐人端坐，悠扬的古乐声飘荡，夕阳跌进湖水，荡漾出一抹红晕。我只身在画面中驻足，好久好久不愿离去……

# 浙皖之行（二）

从小到大，一直喜欢江南，对江南的一切充满了好奇，自己也难以解释这骨子里的情结，接下来的宋城之行，让我多年的疑问，有了一些若隐若现的答案。当然，这答案不是确切的，带有假设的意味。

在去往宋城的路上，导游讲解宋城的来历，把我拉入了久远的历史中。《清明上河图》描绘的是清明时节北宋都城汴京的繁荣景象，也是当时城市经济情况的写照。通过这幅画，我们了解了北宋的城市面貌和各阶层人民的生活。南宋时期，迁都杭州。据说，我祖上本是皇族，后吃了皇家官司，才举家迁到现天津近郊。祖上大姓，与皇帝同姓，排行第八位，生性刚烈耿直，不免受人排挤，最终落得如此。来到此地，我突然有故地重游的感觉：也许前世或某一世，我曾居住于此，对江南那与生俱来的亲切感，在这一念头出现时有了合理的解释。

进宋城时已近傍晚，但天还是大亮，城门口擂台上空无一人，穿着盔胄巡城的士兵煞有介事地出出进进。我有穿越时空来到另一个世界的感觉，既陌生又熟悉。民以食为天，我们首先感受到的是不同的进餐氛围。说实话，这个旅游公司准备的晚餐实在不敢恭维，倒是店小二那套古装，为我们的晚餐增添了许多情趣。感受一下只有在古装剧里才能看到的情景，身临其境，别有一番情趣。

宋城店铺林立，晚饭后我们三五成群，信步逛逛。我对店里的商品不感兴趣，只是在看建筑的外观和街区的排列。第一次进金銮殿，我站在殿前看着那金碧辉煌的装饰，感受着皇族的奢华与威严。

到了"鬼屋"，我被同行的宏姐和燕妹的惨叫吓住，本来我也是怕的，只是被她们左拉一下，右扯一下，只能趔趔趄趄在黑暗中摸索，不知给旁边的游客带来多大麻烦。黑暗中，我都能看到人家不满的眼神，我心里是怕的，脸上却一直在笑，实在难以招架她们这种带着极度恐惧的撕扯。直到走完最后一个"鬼屋"，那穿着白大褂的人拿着手电筒，狰狞地看着我，我倒吸了一口凉气，紧拉着她们的手走出"地狱"之门，这才松了一口气。看着她们额头渗出的冷汗，感受到她们惊魂未定，我觉得两个胳膊酸酸的。我打趣说，真是服了她们，估计她们都惊了"鬼"的魂，也罢，看在她们让我体会到了英雄救美的感觉的分上，饶了她们。

宋城大剧院的节目要开始了，我们仍带着一种惊悚的心情走进剧院。演出前灯还是亮着的，我们找到座位坐下，先前分散的姐妹都在四周，那种看到熟人的亲切感，恐怕也是进了"鬼屋"后才能体会到的。心情刚平静下来，节目便开始了，恢宏的舞台，先进的 3D 技术，将古时歌舞升平的场景淋漓尽致地展现出来。那让人惊艳的佳人，那宏大的战争场面，以及富有地域特色的传说，都真实地展现在我们面前。如果说刚刚经历了毛骨悚然，那么此时便经历了一次摄人心魄，真正体会到了"置身宋城，恍如隔世；给我一天，还你千年"的感受。

深夜，我们带着激动离开宋城，期盼着次日的黄山之行。

不知不觉，夜色渐渐退去，已接近清晨。只有在文字中游历，我才感觉到时间的匆匆。真的不早了，先搁下笔，有些担心是否还能继续，真的感觉有些累，休息会儿吧，还要上班。眼看窗外已经泛白，睡不了了，只有闭目养神。

# 浙皖之行（三）

　　大山对于我来说是遥远的，第一次看山，便是五岳之首泰山。我虽为女儿家，却偏爱山，每次置身于山中都会有心旷神怡的感觉。我喜欢山里的幽静，喜欢被群山包围的感觉，喜欢在蜿蜒的山路上蹒跚前行，更喜欢独自小憩山间的感觉。山里的一草一木，让我有说不出的亲近感。

　　我第一次到黄山大概是十多年前了，那时还算年轻，记得当时坐的缆车像公共汽车一样，大家在一个缆车里，心里的安全感就强了许多。第一次到黄山，先到了白鹅岭，在一所白墙前等同伴。下着毛毛细雨，正因如此，我们脚步匆匆，迷雾遮住了许多景色，我们也在瑟瑟发抖中，游历了黄山，迎客松、同心锁、妙笔生花、一线天就这样成为零星的记忆。

　　第二次游黄山，我似乎成熟了许多。先前因为工作的原因劳累得很，身体有些透支，好在黄山新辟的路都不难走，坡度和缓，走起来并不怎么累。一路上寻找十几年前的一些记忆，还记得迎着小雨，我们在山间奔跑着呼唤同伴的名字，不为嬉闹，而是在爬山的过程中，不慎让同行的两个姐妹掉队，大家为此停留了好一段时间。

## 浅遇拾光

　　过了好久，对于黄山的记忆似乎都已模糊，只有零零散散的片段还在脑海里。第一次游黄山，因为下着小雨，我们来到一线天时，游客已经很少，导游劝我们早些返程，因为路滑，怕出危险。可是我好想尝试挑战一下极限。这次来，一线天是由下往上走的，人流很多，一个挨一个，当时却正好相反，石阶上空无一人，几个胆子大的姐妹都想尝试走一走，于是我被推到风口浪尖上。我站在最前面，望着湿滑、陡得看不到下面的几级台阶，小腿有些颤抖，但是靠一颗坚强的心支撑，我一步一步地走下去。当时感觉一脚下去就将迈进万丈深渊似的，但是我们坚持了，落地的那一刻，一种成就感取代了先前的恐惧，这也为我的第一次黄山之行留下了浓墨重彩的一笔。

　　还记得十多年前在黄山脚下，几个当地的朋友围着一盘辣椒饮酒的场景。看到他们畅饮，我觉得有些奇怪，辛辣的下酒菜，他们就那样享用吗？现在想来，酒逢知己，何必在乎菜？黄山的迎客松依然好客，人来人往，熙熙攘攘。我不知十几年间黄山迎来多少客人，不禁感叹时光的流逝，风景依旧，只是看风景的人已过中年。坐在缆车里，看着移动的群山，汹涌的绿色尽收眼底，山依旧是美的，愿美永留在记忆里。

# 云中楼台云中瀑——云台山

我游的是河南焦作的云台山。游览过后，我把它誉为"云中楼台云中瀑"。

第一次在晚上出发，坐夜车旅行。车行驶在公路上，因为车内的喧哗，我很难入睡。过了午夜，车上渐渐安静，乘客们都进入了梦乡，而我还辗转反侧。窗外很暗，只有车内那如星星般的小灯闪着刺眼的蓝光，车内忽冷忽热，我迷迷糊糊，凌晨三点以后才入睡。睡了有两三个小时的光景，我醒来了，天已放亮。

在服务区洗漱后，人们在车上吃早餐，边欣赏窗外的景色。一路上多是农田，一望无际的玉米地，看情形就知道这里以旱田为主。偶尔还会看到荷叶随风摇曳，虽少见荷花，但还是不由得想起《采莲曲》。

距出发有十三四个小时了，快到中午，我们到了河南焦作，又过了半个小时，到了云台山下。大家在导游的引领下换乘当地的观光巴士。随着欢快的音乐，司机娴熟地在盘山路上驾车，导游滔滔不绝地介绍着云台山的风景区、焦作著名的土特产，还用地方口音讲了一些诙谐幽默的小段子，引来大家一片笑声，一路的疲劳在这欢声笑语中被抛到了九霄云外。

听导游讲，因为雨季雨水不足，云台山最大的瀑布云台天瀑断水。与亚洲单级落差最大的瀑布失之交臂，我们多少有些遗憾，于是对那"三步一泉，五步一瀑，十步一潭"，素有"小寨沟"之称的"潭瀑峡"充满了期待。

走进潭瀑峡，便知名不虚传。泉水从岩壁两旁的缝隙中流出，似花洒般由上至下喷洒，空气中弥漫着清新的水汽。不过五步，便有一道瀑布映入眼帘，许多游人在瀑布下的潭边戏水。孩子们手里拿着水枪汲水，用水枪互相"扫射"，长长的水柱在潭中穿梭，在水面上激起小小的浪花。再往前走，便是一条小河，河上有许多穿着救生衣的游人笨拙地划着竹筏。青山绿水之间，那抢眼的橙色在河面上游动，使原本安静的河面充满了生机，我猜这就是子房河了。

导游在车上滔滔不绝地介绍景点，到了景区，却没了导游的影子，索性自己边看边猜。渡仙潭有明显的标识，只见静水流深，绿如翡翠。之前听导游说，此潭有普度众生之功能，于是停下来，把手伸入水中撩拨一下，也算是祈求佛的庇护吧。

过了渡仙潭，便是一处瀑布。这瀑布有些奇，上下共分为三层，每层都有两道瀑布相吸相融流入一个潭里。我顿悟，这一定是情人瀑了。两道瀑布自高岩流淌，然后汇合在一起，如情人耳鬓厮磨，窃窃私语。来到瀑前，一对情侣在岩壁上，遥指情人瀑，甜蜜地说着情话，同时扬起手，身体靠得紧紧的，模仿情人瀑顺流而下的样子，旁边一个朋友在为他们拍照。此时我好羡慕这对情侣，拉上身边的姐妹与我合影，只是不想在这甜蜜的地方留下孤单的身影。不知情人瀑这个名字背后是不是有一个很美的故事，若是此时有人随意编一段爱情故事，我也会坚信不疑。

再往前走，潭瀑交错。这中间有水深难测、碧如翡翠的翡翠潭。银光闪闪的"银龙瀑"下便是"金龙潭"。还有因呈现出"丫"字而得名的"丫字瀑"，左右两道瀑布分流，然后汇集成一道，流入一池碧水中。丫字瀑下水面宽阔，水色湛蓝，一眼望去，如悠悠碧空。

接着，我们走过清漪池，我不由得联想到了王羲之的洗砚池，心想：是哪个画家在此着色？记得还看到了试剑石，相传李世民在此劈剑留下剑痕。水帘洞下"药王"孙思邈的坐骑，让我觉得再可信不过，也许"药王"在山中寻访，才留下四大怀药，流传至今。

最后到达清澈见底、鹅卵石清晰可见的龙凤潭。坐在"U"形谷里，头顶蓝天，欣赏那以山为卷，以水为墨，浑然天成的龙凤呈祥画卷。赏心悦目过后，带着满足的心情，缓步走下山。这只是云台一景，真不知这云台山中还有多少美景待我们去探寻。

潭瀑峡最有名的泉叫"不老泉"，相传饮用此泉水可以长寿，永葆青春，喝上一口可以年轻十岁。不老泉旁挤满了人，人们用器皿争相接住不老泉，饮上三口，这样可以怀着一份"不老"的心情，踏上归途。

次日早晨，天还没有亮，我们便迎着晨雾，走进了红石峡。听说它集泉瀑溪潭涧诸景于一谷，融雄险奇幽诸美于一体，被风景园林专家称赞为"自然界山水的精品"。本以为我们来得很早，可是到了山上，才发现已经人山人海。检票后，我们匆匆地随人群走向峡谷。

红石峡是峡谷，我们便自上而下，山路狭窄陡峭，幸好左右手都有扶栏，才可以消除一些胆战心惊的感觉。因为路狭，人挨着人，很难超越，只能缓慢前行。因为等人，我被队伍甩在后面，好在人多，也不会觉得孤单。我和儿子一前一后，此时天空已见白，俯视峡谷，但见峡谷间瀑布奔流。也许是清晨的缘故，格外安静，群山环绕之间，潺潺流水声便格外清晰。四周崎岖的山间小路上，人流环绕，缤纷的颜色点缀山间，与周围的自然风光形成强烈的对比，静与动美妙结合，成为一道独特亮丽的风景线。

走过长长的"穿石洞"，出洞口的那一刹那，有一种别有洞天的感觉。天还没有全亮，但与洞中相比，我觉得格外显亮，呼出一口长气，忍不住脱口而出："啊！终于出来了！"由人排成的长蛇在山间甬道上蜿蜒前进，远远望去，从高处到低处已有三层。山、水、人形成立体的画面，让我忍不住在灰暗的光线下拍了下来。以前在风景画里看到的，和自己拍下来的相比，我觉得自己拍下的更生动，突然觉得有这样的美景，每个普通人都可能成为卓越的摄影师。

红石峡有很多潭，多以龙命名：首龙潭、黑龙潭、青龙潭、黄龙潭、卧龙潭、眠龙潭、醒龙潭、子龙潭、游龙潭，它们构成了"九龙溪"。潭潭相接，瀑瀑相间，景色美不胜收。遗憾的是，早晨雾气太浓，我没有看到日出时那红霞照岩的奇景，但是红石峡的美景让我惊叹不已，很多美景难以用语言来形容。走到峡谷尽头，和导游会合，我坐下来小憩。周围悬崖峭壁，山上小瀑如雨自天而下，用手接住，清凉无比。我看着这一切，忍不住又勾起来山中隐匿的幻想，也许有一天自己会离开家，寻一座幽山定居，过闲云野鹤的生活，远离喧嚣，不知自己是否真的能够耐得住山中的空旷与寂寞。快到集合的时间了，我带着那未了的遐想离开了红石峡，匆匆地踏上返程。

浅遇拾光

# 再别青岛

1990 年暑假，我与三个刚参加工作不久的同事，第一次来到青岛，在雾蒙蒙的清晨，第一次踏上栈桥，扶栏沉思，留下青涩的记忆。

对于青岛的记忆，也随着时间的推移，渐渐模糊。那时还是胶片时代 记得当时因相机卡卷，有一卷胶片曝光了，丢了一些重要的影像。

记得在崂山脚下，晶莹剔透的凉粉，通透得让人在酷热的夏季未尝便生出丝丝凉意。我们四个女子围坐在大树下的小桌边，一起品尝着崂山凉粉，感受崂山特色美食的滋味。

翻出老照片，发现岁月不仅仅让人添了白发，那柔细的腰肢也再难显现。当时"会当凌绝顶，一览众山小"的豪气，也被岁月抹平。

登山时，脚步是轻盈的，我们雀跃着行走在山间，累了热了才偶尔小憩。看见清澈的小溪，我们忍不住挽起裤腿，蹚着小溪一起嬉戏，山路上、小溪边都留下年轻的身影。我们背靠背留影，手牵手前行，一起放声高喊，听山谷回声，山间回荡着我们的欢声笑语。

记得青岛街区非常洁净，就像影像中的白衣，一尘不染。记忆最深的是，街区一尘不染，就连路旁的垃圾桶都被清洁工擦拭得发光，要知道，在那个年代这是很少见的。这座城市让人感触颇深。

记得在青岛有名的第一浴下海那天，下着蒙蒙细雨，我们经过几番纠结，决定不错过和大海拥抱的机会。顶着雨，我们喊着："大海，我们来了！"我们投身于大海的怀抱，结果没过多久便瑟瑟发抖地落荒而逃，上岸后看着彼此冻得发紫的嘴唇，忍不住哈哈大笑。

时间飞逝，已过去20多年，还好留下了同行姐妹的合照，不然随着岁月流逝，记忆都模糊了，恐怕都很难记得与谁同行。

还记得上山时，一个东北大哥帮我们拎包；住宿时，遇到武汉大学的教授，我们亲切地攀谈；坐缆车时，与一群深圳的大学生交流，互留联系方式，新年时还收到了他们从深圳寄来的贺卡。好单纯的年代，那些胶片若没有曝光，我们会留下更多记忆。

20多年后再次踏上南去的路，追寻曾经的梦，再一次相会于青岛，慢慢找回曾经的记忆。

岁月变迁，还是原来的人，还是原来的景，那曾经的身影，早已被岁月改变，身姿不再轻盈，只有那不曾被岁月磨砺的心依旧。

夜晚漫步于五四广场，喧嚣的人群、闪烁的灯光、悠闲的心境，让人恍惚：以前是否来过？灯光秀开启，人们驻足，陶醉于其间。

清晨乘出租车，原定去海边，司机说周末最好别去，我便改变了行程，踏上城内的一座小山——太平山，乘索道悠然行于山间。置身于山中，回忆起第一次登泰山，南天门云雾缭绕，似看到山路上那些挑山工的身影。太平山人不多，据说这里是当地人周末休闲的去处，它之所以被当地人青睐，是因为出口与植物园相通，穿过中山公园，走过地下商业街，步行大约一站地，便可以到达青岛极地海洋世界。

与山里的寂静、植物园的幽静和公园的闲适完全不同，这里可以用人山人海来形容。那场面用火热来形容一点儿不为过，好在路过时溅在脸颊的水滴，让人忍不住撩发，这时才醒悟，确实到了清凉处。青岛极地海洋世界建于海底隧道，人们既能在此避暑，又能与海底生物亲密接触。置身于海底世界，站在传送带上，似穿梭于时空隧道，各种鱼自在地游来游去，让人感觉自己置身于海洋中。

青岛第一浴场，沙滩是金色的。周一，无须拥挤，就能自由地在海边嬉戏。穿上救生衣，乘着海风，扬帆起航，开启一段美好的航程，感受海风的清凉，聆听海浪的歌唱。

青岛，我在20多年后重游，是寻找青涩的记忆，还是开启一段更加美好的回忆？若干年后，也许我还会来，到那时，暮年的我还能想起昨天和今天的故事吗？

遗憾于没看到清晨雾气笼罩下的栈桥，就匆匆地结束了短暂的旅行。别了，青岛！我会再来！

第三编

你我

# 初见时的美好

　　人海中，不知有多少次擦肩而过，能在擦肩回眸时相视一笑的有多少？只是在某年某月某时，因一个偶然的机会，与你相识，于是留下了那难以忘怀的初见时的美好。

　　初见时风起，彩云缭绕；初见时，阳光普照，就连不起眼的小花小草都绽放出美丽的笑容。

　　初见时世界一下子变小，眼眸中只留下款款深情勾勒出的美好。如果时间停留在那一刻，即便在梦中，我也会毫不犹豫地牵住你的手。如果真能握住你的手，那该多好！

　　有多少次梦中相遇，那无声的嫣然一笑，让我内心汹涌。一声深情的呼唤，唤醒梦中的彼此，从梦中带出的微笑会温暖周身。

　　如果上天让彼此有选择的机会，那就让时间永远停留在初见时。我会悉心地把初见塑封，把短暂的美好永远保留。

　　初见时天真地以为，美好可以永远停留，即便不曾牵手，也会心心相印。直到有一天，彼此转过身去，挥一挥手，未曾道别，便在红尘中消逝，才发现那灯火阑珊处再也看不到回眸一笑，无从留住相视的美好。

月下睡榻上怀抱香枕，梦中还依稀听见熟悉的呼唤，可否与你共赴红尘，一如初见时那般美好？人生若只如初见，怎有那独自对月的轻叹？人生若只如初见，岂有落叶伤怀情？

"人生若只如初见"出自清代著名词人纳兰性德的《木兰花令·拟古决绝词》，意思是事情最终并不像人们最初想象的那样美好，在发展的过程中往往会变化得超出人们最初的理解，没有了最初的美好。初见时的美好，结局的超乎想象，为人生勾勒出几许淡淡的遗憾和哀伤。

我们在春天的时候看到树的新绿，那种美好让人有了太多期许；夏日的郁郁葱葱，带给我们太多美好；直到走进深秋，那初见的美好只化作一份记忆被封存，后面还有一个肃杀的冬。

人生若只如初见，记忆永远定格在最美的画面里。初见时的惊喜和甜蜜，依然弥漫在那不曾远去的记忆里。即便岁月匆匆，流年似水，那一刻的美好，也让你永难忘怀，让你将其认作一生最不可错失的邂逅。

都说生命里的每场遇见，都是上帝精心的安排。我曾认为，莞尔一笑是初见时最美的样子，原来每一次轰轰烈烈，只是一场繁花的盛开，只有那被忽略的平平淡淡，才是落定的尘埃。

人生若只如初见，不会有望着纷飞的落叶时的感伤，也不会有秋风过后的悲泣。我们总是错过一些季节，错过一些事，错过一些人。突然发现，岁月总与沧桑相关。花开一季，人活一世，只有时光安然无恙。有些事注定成为故事，有些人注定成为故人，不必挂念，不必留恋，偶尔记起就好……

人生若只如初见，何须感伤别离。说了再见，也许再也不会见。

# 浅遇拾光

"人生若只如初见，何事秋风悲画扇，等闲变却故人心，却道故人心易变。"

# 消逝

　　一首淡淡的歌，让我的泪轻轻地滑落。

　　一颗流星，让我的思念划过……

　　他去了，在某一个夜晚，悄悄地坠落。好久没有到他的心语阁，最末一次是在新年后，我走进那里，一串触目惊心的字闯进我的眼帘："住院数月，生命将在 2009 年结束，不必说明身体的苦与痛，算是告别，只想留下遗言，祝网友们安康、快乐！谢谢你们！"我的心开始战栗，两年多的时间，不论我飘向哪里，总是在某个夜晚想起他，会忍不住悄悄走近他，倾听他诉说心语。

　　从认识他的第一天起，这个陌生的朋友的喜与怒、哀与痛，便牵动着我的心。在他许许多多感性的文字里，我了解到他是一个癌症患者，肝癌已经到了晚期。在许多不眠的夜晚，他静静地用文字诉说着内心的挣扎与无奈、对于生命的渴望、对于妻儿的不舍，牵动着许多朋友的心。我常常被他的文字感染，有些时日看不到他的文字，就会异常不安，生怕发生什么，我会留言："阑悦心，好久没有看到你的文字了，真的好想你！"内心的恐惧不敢在文字里体现出来，生怕使原本平衡的一切失去重心。再次看到他的更新时，我几乎兴奋地在心里欢呼：阑悦心，好样的！得知他经历了又一次手术，从死亡线上挣扎着站起来，我用文字为他喝彩："阚悦心，你又一次创造生命的奇迹，加油！"也正是因为有他，我才写了许许多多感性的文字，作为对他的鼓励。

2009 年新年后，我打开博客，第一个想要拜访的朋友就是阚悦心，大概有半年没看到他的文字了，不知他的近况如何。我鼓足勇气走进他的世界，目光久久地停留在他留下的最后一行字上，可以想象他有多么虚弱，多么难以割舍。在弥留之际，他不忘朋友们的牵挂，用那铿锵的大字留下最后的交代。我急切地敲着键盘，希望他不要放弃任何生的希望，我知道我无法挽回什么，但仍然努力地挣扎着。

从那天起，我再也没有看到阚悦心那感性的文字。三个月后，我从朋友的留言中得知他告别了人世。他带着对生的依恋，带着对朋友的无限感激，悄悄地离开了。直到他离去，我不知道他是什么地方的人，只知道他的年龄与我相仿，他留给我的就是那些文字，以及永远的惋惜。我呆坐在电脑前，淡淡的歌声背景里，我的眼泪夺眶而出……

一颗流星划破天空，我目送着他远去，为他最后一次留言：我知道我已失去了你，但我会永远记得你——阚悦心，一个坚强的朋友，你用你的顽强与信念，支撑起生的意义。默默地祝福你，希望天堂里居住着一个永远没有痛苦的你……

# 厮守那一份逝去的情

　　我第一次见到她，是在一次朋友聚会上，她给我留下了不一般的印象。席间，她和男人们一起饮酒，手里始终夹着香烟，披肩的长发下露出略泛红色的脸颊。我不太喜欢她，她的特别又让我对她多了几分关注。

　　她的眼睛笑起来如一弯新月，眼神却并不清澈。含着微笑的眼神背后，却是难以掩饰的忧伤。

　　朋友们在交谈，她好似离开人们的视线，烟雾缭绕在她的周围。

　　她叫馨儿，已进中年，独自生活，因为有一段永远抹不掉的爱痕深印在她的心中。那个身影永远停留在10年前的那一瞬间。

　　一个男子在敲门："馨儿，开门！是我不好，你原谅我，好吗？"馨儿没有吭声。那男子还在敲："馨儿，你开门！"馨儿躲在门里："你走吧！不要再理我！"门外几乎是在央求："馨儿，别生气，好不好，你开门，我跟你解释。""不！你走吧！我不想再理你！""如果我做得不好，我可以改，请你千万不要生气。如果我真的错了，请你原谅……馨儿，我走了！"

听到他走出去的声音，馨儿悄悄地追出门，摩托车已经启动，她躲在一旁悄悄地目送，突然一辆车疾驰而过，她一声尖叫晕过去。

馨儿醒来了，眼前是一些陌生的面孔，她定了一下神，突然冲出人群，看到了那熟悉的摩托车躺在地上，路上堆积着很多碎片，旁边一些人在叹息："唉，好可惜，还这么年轻。"

馨儿慌乱地寻找："人呢？在哪里？"她想起那熟悉的号码，忙乱地拿出手机，反复地拨打，一遍一遍，焦急地等待回应。终于打通了，话筒里传来一个陌生的声音："我这里是医院，你是家属吗？人已经去了！"馨儿怔在那里。

从那天起，馨儿离开酒就很难入睡，漫漫长夜，香烟就成了她唯一的伴侣。起初，朋友们还会看到她悄悄地落泪，就劝她想开一点儿。后来朋友们习惯了。她也很少在人前再提及那个人的名字。

十年里，她由先前的忧郁变得开朗了许多，但始终独自追忆那逝去的爱，默默地承受内心的苦痛。即便身边偶尔出现一些热心人，他们投入得再多，也始终不能燃起她那份热情。她不愿意，甚至拒绝涉足个人情感问题。她默默地守着那曾经属于她，早已远远离去的那份情……

# 红房子之恋

　　红房子是上海著名的西餐馆，我初识红房子却不是在上海，而是在我居住的小城。一个工作日的傍晚，朋友驾车，一行五人来到汉沽开发区的生活服务区小聚，我第一次走进了红房子。

　　因为对红房子这个名称的好奇，我在路上颇有几分期待。在我看来，俗气的红色，加上毫无修饰的房子，却透出一种难以言传的典雅。我有些慨叹创意者的智慧，竟从这耳熟能详的字眼里，创造一种俗中透雅的感觉。还没到红房子，我就对它充满了向往。

　　我们到达的时候，天已暗下来。因为天冷，我没有太关注外部环境，一下扎进了红房子。通透的一楼大厅里，古朴典雅的栗红色木质方桌东西向排成三排。走进去的时候，我在不经意间想起了那曾经在书里给我带来很多遐想的浪漫的爱尔兰咖啡屋。我们一直走到头儿，在中间一排靠西侧的屏风前，五个人围坐下来。我将目光投向了靠窗的一个小桌，四人桌，但我觉得更应两人坐。桌上一个小巧的水晶花瓶里，插着一朵红色的玫瑰，座位空着，百叶窗式的竹制窗帘，透过缝隙能看到窗外那朦胧灯光下的夜景。我心中不由得生出一种期待，希望有

# 浅遇拾光

机会坐在那个位置上，望着窗外思索与体味。第一次走进红房子，我便爱上了这里的感觉，离开时不知不觉对它充满了依恋。

我第一次见到他的时候，当他要带我出去进餐，我第一个想到的就是红房子，想到那个靠窗的座位。他答应了，在我的引领下，我们开车来到了红房子。

仍旧是晚上，我拉他走进了红房子。很幸运，我喜欢的靠窗的座位还空着，我怕被别人抢去一般，快速走到座位上。"就在这里！"我坐下来，按捺不住激动的心情，悄声说："我最喜欢这里了！"他好奇地冲我笑笑："为什么？""我也说不出来，从第一次来这里的时候，我就好想有机会来这里，喜欢靠窗坐下来的感觉。"他笑了："怪不得呢，要拉我到这里来。不错，温馨浪漫！"

我们静静地坐下来，他带了黑啤酒，也许是因为这里的气氛，我破例和他对饮起来。浓浓椒香的水煮鱼，在这种气氛下都显得淡了许多。我看着服务生将泛起的红椒筛出，煞有介事地躲避着对面那火辣辣的目光，隔着竹窗的缝隙，看到外面黑黑的天空中一弯新月灿烂地微笑，几颗星影影绰绰。我渐渐平静了许多，开始把视线慢慢移到对面那陌生又熟悉的面孔上。他还是笑着看我："看得出你真的是很喜欢这里呀！"我有些羞涩地点了点头："是的。""这是我们的初识。""嗯。"我有些羞，低头微笑着，心里在想：其实自己不是一直渴望像今天这样，与自己心仪的人坐在这里对望吗？我心里朦朦胧胧的感觉一下清晰起来。我抬起头，望着他，他正好在注视着我，我歪着头，皱皱鼻子笑了。他说："早知来这里，就该有些准备。"说着，他很敏捷地将插在花瓶中的玫瑰花取出，衔在嘴边，故意用挑逗的眼神来逗我："亲爱的，借花献佛，送给你！"我哪里敢接，但心中充满了激动："别闹，不怕被人笑话！"他撇着嘴只管笑，眼睛却认真地注视着我。我顺势拿下花："收下了，插在花瓶里。""过来坐到我身边好吗？"我还没来得及反应，他很快绕过小桌，坐到我身旁，拦腰将我抱住，然后在我的脸上轻轻地吻了一下。"爱你！"我的脸有些发热，我不敢抬头，好像有好多双眼睛在注视着自己，我羞着、幸福着。"别怕，没什么！"他抱住我，近乎狂热地吻了我，我想尽力挣脱开，却淹没在他的柔情里。我有些醉，醉倒在他的怀里。"如果你喜欢这里，我会常带你来的。"我摇摇头："不，只这一次就足够了，如果真的常来，我会很快忘记今晚的。"

　　那一晚，他讲了很多关于他自己的故事，我静静地听着，好像进入了情节中，陶醉在他的故事里。许久许久，我们注视着对方，直到红房子里的客人渐渐散去，我们才手挽手走了出来。

　　外面好静，周围一片空旷，宁静的夜空默默地注视着我们。我的眼睛里揉进了月光，他的眼睛里似有点点星光在闪烁，我们望着彼此，默默地享受这份宁静。我们有些醉了，醉到情愿不再清醒。

　　真的很晚了，此时我才发现这是我有生以来第一次回家很晚。当我们驱车回到相聚的原点，街上已没有行人，连车都很稀少。在我转身道别的那一刻，一双手从背后将我紧紧地拥住，我被热烈地拥入怀里。那一刻，我被他的热情完全融化了，我们在深夜的街上吻着，我第一次这样冲动，以至于离开他的怀抱，脚下变得有些趔趄。我消失在黑夜里，听到身后的车声远去，我停下了脚步，回味着刚刚经历的一切，黑夜掩盖了我满脸的羞涩。

从红房子走出的那一刻，我将他深深印在心里，这是我们的初识，也是我们第一次近距离接触，我记住了他，记住了红房子里我们相拥的时刻。

此后，我和同事去过红房子，没有再进大厅，走进了一个有着满月一般的圆窗的雅间，那里更加安静，没有大厅里那么多客人，只有穿着红色衣服的服务生出出进进地忙碌。大家围坐在一起，其乐融融。这里的摆设和装潢比大厅考究多了，但是我隐隐约约地仍在渴望那个靠窗的位置，那与他共进晚餐的感觉。临下楼，我渴望又怕再次走进大厅，从后门悄悄地走了出去。

那以后，我没有再去红房子，红房子似乎成为一段记忆。他慢慢地离我远去，但是我心中仍朦朦胧胧地生出一种渴望，希望能和他再次走进红房子，还是坐在靠窗的位置上。我把想法告诉了他，他没有应允，他说他怕，怕我会有什么动机："不会是拉我到红房子告别吧？"不幸言中，他想得没错，我想从红房子开始的，也在红房子结束。而这个句号一直没有画上，我们就在彼此难以割舍中漫无目的地延续，我不知道，他也不知道，红房子之恋到什么时候结束……

我仍喜欢红房子，喜欢那里的感觉，也会时常想起红房子，想起那个靠窗的座位，有时还不免把自己放在虚拟的场景中，体会一下那久违的感觉。也许对于我来说，这一生再也没有一个地方能与红房子相比，也再没有一个地方可以取代红房子在我心中的位置。

后来我了解到，红房子是上海的一个著名的西餐馆，我略觉欣慰。红房子本不属于这个地方，本是客居，本就该埋在心里，躲在我内心的一个角落里。在某个安静的夜晚，在偶尔寂寞的时候，在柔柔的月光下，我把它重新搬到合适的位置，小坐一会儿，嗅一下浓浓的椒香，再感受一下那曾经的温馨与冲动……

# "天井女"三部曲

## 序

窗外雪花与寒风共舞。农历腊月初八，暖冬被突然袭来的风雪驱赶，我听着风声，提笔为我的《天井女》写序。其实最初没有这样的思考，经过一位热心文友的点拨和启迪，我才想着把《柔》《梦》《花香宜人》三篇文章整合在一起，成为我的同类文中的第一个三部曲。

最初只是由于身边三位同龄的女士活泼可爱，天真烂漫，性格各异，我才有了动笔的欲望，只是迟迟没有下笔。是柔的一则读后感激发了我的创作灵感，于是我一气呵成我的第一部曲《柔》。写完后反响不错，是我踏足博客以来少有的成绩。于是，我开始构思我的第二部曲。

其实要用笔写自己身边真实的人物，难免顾虑多多，不好动笔，不能暴露太多的个人信息，也不能淋漓尽致地发挥，还要回避现实中的一些问题。偏偏出现一些意外情况，使我不得不搁笔。朋友之间的一些小误会，使我一度想放弃。在写完《柔》后，我就没再动笔。但是顾及写作的初衷，我重新拾起，开始审视三个人物，构思了第二、三部曲。

　　第三部曲推出的当天，我的文友发来消息，鼓励我为三篇文章加上序，他将三部曲进行了简单的剖析，提出修改建议。他说："柔，刻画得最真实，文笔流畅，有卖点，最佳！梦，看得出三部曲中这部最用心，文笔很流畅，但人物模糊不清。花儿刻画得最完整，能有下文，文笔不够流畅，有受阻的感觉。"他最满意的是对柔的刻画，花儿尚且过得去，只是对梦不够满意，但真正改动也很难。我在文友的建议下只做了小小的改动。鉴于此，我特意为自己申辩一下。

　　这三个人物，每个人物都有我性格里的东西：柔的单纯幼稚，梦的浪漫神秘，花儿的文静直爽，刻画她们就是表达自己。值得一提的是《梦》，这也是我的文友批评最多的。他读过后说："《梦》给人的感觉是，你和梦之间有隔阂，有互相嫉妒的心理。"我断然否认。在刻画梦的过程中，只是由于有朋友刻画过她，所以我要避开别人的笔锋，抓住梦的浪漫、神秘，将梦更虚拟化而已，增强浪漫神秘的色彩，这才是我的本意。也许是顾虑太多，于是在对梦的处理上，越是用心，越留下造作之笔。

　　写序时，沉浸在创作的情绪里，没有听到风雪交加的声音。仔细聆听，风声已经远去，一切恢复了平静，我长舒一口气，也该就此搁笔。搁笔前感谢最亲密的文友一直以来对我的文章的褒贬，使我清醒地认识自己。感谢身边的三位姐妹，是她们独特的人格魅力，使我能在笔下刻画出鲜活的人物。

　　我在考虑，"女人三部曲"完成后，是否有机会推出"男人三部曲"，也许有那么一天，我可以涉足男性这块处女地，刻画出同样鲜活的男性形象。

## 柔

昨天我把我的作品《人注定要"嫁"四次》发给了柔。下午，我在博文下看到柔的评论："看了这篇，我说不出自己是怎样的心情，佩服你能把人的一生诠释得这么透彻，我很感动，甚至震撼。不知是什么原因，我的眼泪止不住流下来，是感叹人生平淡，是伤感人生坎坷，我说不清，就是一种复杂的心情，酸甜苦辣尽在其中……"一向阳光的柔被我的文章带得伤感起来，我真是有些后悔，不该让一些伤感的情绪影响她。

柔是一个很乐观的女孩，每天都会把微笑送给身边的人。她说："我很容易满足，能穿上一件新衣服，我就会感到很幸福。"的确，柔业余时间最大的爱好就是逛街，在各种时装店里穿梭。她喜欢时尚的服装，每次看到喜欢的，都忍不住买来，迫不及待地在第二天穿上。用她的话说，新衣服买了不穿上，睡觉都不踏实。有些衣服穿在柔的身上，才能彰显出它的美。

柔其实是一个很有品位的女孩。爱美之心，人皆有之，只是柔有时太过爱美，但她的确给周围的人带来很多美的享受。

上周我到柔的班上走走，柔刚到，脱下外衣，迟迟不出更衣室。我有些纳闷，柔今天怎么了？我翘首等待。柔终于忍不住，捂着脸走出来，一件红色的半袖毛衫，配上一条超短的灰呢百褶裙，腰间一条宽腰带，点缀着简单的流苏，衬出她娇小迷人的身材，脚上一双嵌有水钻装饰的咖啡色长靴更增添了几分俏丽，冬天这样的装束足以让人折服。我们在场的同事不禁惊呼。柔的脸红红的，不好意思地说："我想等你们走了再出来，自己都觉得不好意思，有些扮嫩的感觉，可昨天试了一下，就是忍不住，还是买了。"虽然服饰和她的年龄有距离，但是穿在她的身上真是再合适不过，很靓丽。我们调侃了几句："上几年级了？"柔半嗔半怪地说："别笑我！"脸上的红晕始终没有褪去。柔问："怎么样？是不是太年轻了？"我故作深沉地说："有点儿，确切地说，养眼。"柔满脸洋溢着幸福的笑容。

柔有她的另一面，她在网上有自己的空间，喜欢写写文章，文章的风格与我迥异，文笔清新、唯美，恬静而不失风情。她的《缘来缘去》曾在网上传来载去。网上的朋友不断督促她写作，有时她忙不过来，就说："我这几天躲着他们，他们总问我有没有写新的文章，我真不知怎么回答他们。"有时她还求我："帮帮我，我都不知该写什么了。"

柔经常看我的文章，每次都很用心地点评，这评论几乎可以被当作一篇小作品。每当看到她的评论，我总有一种被激励的感觉。我建议她将其拷贝，以做应急之用。"你真聪明，我怎么没有想到，谢了！"柔接受了我的建议，稍加改动，即成新文，既缓解了压力，又满足了朋友求知的热情。

柔在单位最小，加之她的性格，我们把她当作公认的小妹妹，其实她已近三十，但从她身上很难看到岁月磨砺的痕迹，她散发出的永远是青春活力。看到柔，就觉得自己也变得年轻、充满活力了。

柔以她独特的气质和魅力，感染着周围的人，成为单位里亮丽的风景线。青春、靓丽、真实、纯洁、浪漫，在她这里不断延续，正如她的"个性签名"所说：不浪漫的事，流露出浪漫的真实，浪漫的平凡，浪漫的纯洁，浪漫的无私。我终于悟到了，浪漫就在我身边，它在我的生活中萦绕着，没有造作浮华，只有清澈透明如水晶。生活继续，情感继续，浪漫继续。

柔依旧会把她的阳光传递给接触她的所有人，依旧会将她的魅力毫无保留地展示……

柔，姐姐们会永远祝福你！

## 梦

"在记忆的印痕中，你尽情享受着爱与被爱的精彩，感觉虽不同，但爱是一样真切。让爱的感觉去飞，像梦一样自由，忘掉所有的烦忧。爱与被爱的感觉那么唯美，因为有爱，所以你的生活永远带着那份执着与热烈的渴望。因为心灵的期盼，爱与被爱便会在你的生命中永恒。"这是梦读过我的诗《被爱的感觉真好》后留下的评论，只有梦才能发出如此感慨。

我和梦相识已有六载。用六年的时间来了解一个人，应该足够了。可是梦就像她的名字一样，每个人都能与之接触，她容易让人亲近，但又让人难以捉摸。她有几分可爱、几分美丽、几分浪漫，还有几分神秘。

我和梦最初接触是在工作中，她是单位三个年轻女性之一。与其他两位同龄人相比，她有和她们一样的纯真、俏皮，却少了几分浮躁，多了几分宁静，少了几分稚气，多了几分神秘。大多数时候，她脸上洋溢着美丽的微笑，清脆甜美的声音会把周围人的情绪带动起来。在和别人的交谈中，她总是用积极鼓励的话，让他人感到无比自信。

梦与同组工作的其他姐妹相处甚好，从不计较谁做得多与少，在极其忙碌的情况下，还不忘记帮助别人，让和她一起工作的姐姐们感受到体贴和温暖。

我和梦相差十岁，但共同的爱好常常把这种距离缩短。我们都喜欢抒情、含蓄、情感浪漫、哲理性强的散文、诗歌，很多时候我们在一起谈论的都是对这方面的理解和感受。她的作品我喜欢读，喜欢品味。每次读过，我都会在她的带动下"卖弄"几笔，她也会很认可我对她的作品的理解与分析。梦的文笔很好，但是很可惜，周围的人很少读到她的成品文章，只能看到她简简单单的随笔。也许梦害怕让别人更多地了解她的内心，愿意永远保持这种神秘。

梦也是我的忠实读者，用她的话说，她每天都要打开博客看看我有没有新的作品，包括每一个来访者的评论，她都要细心地读。遇到喜欢的作品，她会很用心地写上评论。每次进入我的作品空间，她还要反复地阅读，再次品味，体会那久违的感动与幽怨的美。每次作品发出来，我都会和她认真地交流，她会把自己的一些情绪体现在对作品的追求中。

其实我对梦的了解少之又少。虽然我们说话有时很投机，但是我很难走进她的内心世界。梦有时会回避一些敏感的话题，加之我素来没有打听别人隐私的习惯，我们就保持着这种既陌生又熟悉，既知心又有距离的关系。

我尽量避免这些话题，只是有时不经意的交谈，会让梦将内心世界昙花一现般表露出来。女人间的心灵沟通，有时也会让梦将情感表露出来，我们会同时涌出独属于女人的温柔、委屈、甜蜜、伤感的泪，再不好意思地各自抹去，然后立即用一种调侃的微笑冲淡情绪。这就是我们心与心的碰撞，但很快又拉开距离，如同梦幻般若即若离。

梦是一个外表平和、内心世界丰富多彩的女性。她崇尚一种完美的爱情，倾心于自己所爱的人，并愿意为他付出。她以海纳百川的胸怀容纳着所爱之人的一切，让我们周围的人无不为她这种情怀所折服。

梦身边的亲人不多，爱人又在外地工作，好多事情都只能她自己承担。也是由于这种缘故，单位里的聚会，业余时间的交流，她很少参加，每次盛情邀请，她都婉言谢绝。她有时好像是有意回避，说不出原因，说不清道理。

她平和得让人容易接近，又神秘得似乎让人远离。

梦带着她的这种特质，与众不同地生活在我们周围，我希望她永远保持属于她的这份神秘……

人的一生就如同梦一样，我们带着对这个世界的向往而生，带着沧桑而去。一切恍如一场梦，梦里那么美好，梦外却那么无奈。人一生注定要"嫁"四次，在"嫁"的过程中经历人生，完善自我。珍惜每一次"嫁"吧，虽略有嫁的哀与愁，但幸福也无处不在，时刻伴随着你……

## 花香宜人

花儿说："女人像一支口红，各有各的颜色，与性情相配，浓淡相宜。"其实以此来形容花儿自己，再好不过了。淡是花儿的外表，浓是花儿的性格，浓与淡之间的反差，正是花儿外柔内刚的性格的写照。

花儿本来叫花花，像猫咪的名字，我们更习惯叫她香香。

花儿有一头像黑色瀑布一样顺滑的头发，细细的眉毛下一双迷人的眼睛，可惜被一副近视镜遮在下面。花儿虽然没有玫瑰花般的娇艳，却有荷花般的清新脱俗，还有水仙花一样沁人的芳香，花香宜人，相得益彰。

花儿有着文静的外表，清新脱俗的气质，恰到好处的身材。她很少刻意打扮，总是一般知识女性的装束，但举手投足之间，那种清新、淡雅、自然，显示出她独特的气质。

花儿很少穿高跟鞋，说是走路不方便。今年冬天，她突然穿上一双高跟的筒靴来上班，一条素格裙子，一件束腰毛衫，亭亭玉立地站在我们面前。我们忍不住惊呼："哇，从来没看过你穿高跟鞋的样子，真好看，今天你看起来好精神！"花儿人忍俊不禁，一脸灿烂的微笑，一抹红晕泛在脸上。"好看是好看，可是走路不方便。"同组的姐妹大声宣称："大家听好了，今天花儿穿高跟鞋了，我们重点保护，你站着，有事我们来干。"班里传出欢快的笑声。

你可不要被花儿文静的外表迷惑，以为她柔柔弱弱，她当然有温柔的一面，但她的独特之处就在于，温柔的外表下隐藏着比较浓烈的性格。

花儿是自由恋爱。那时她正是花季少女，分配工作后不久，到一个机关单位帮忙，与现在的爱人邂逅，书写了自己浪漫的爱情……"最近的你，是我最近的爱，明明知道相思苦，可是真的好想你，人间情多。"

在观摩教学中，花儿以自己柔美的声音和肢体语言，在舒缓的乐曲声中，把孩子们带进浪漫的秋天，迎来自己的执教生涯中最为辉煌的春天。那温柔的一面征服了在场所有的"监审官"，她一举夺冠。

花儿自幼丧母，在父亲和祖母的呵护下长大，过早地尝到了失去亲人的痛苦。她柔弱的外表下，蕴含着火一样的性格。就是因为这种原因，无论花儿怎样发脾气，我都不愿意责怪她，更多的是规劝。和她相比，我们都在母爱中长大。

花儿坦诚、直率，高兴了放声欢笑，不满时毫不掩饰地表现出来，直来直去，没有任何弯弯绕绕。正是由于这种性格，在与同事的相处中，她往往不会委婉地批评别人，有些生硬的话常伤到别人，人家不理她，她却闹不清原因。她工作很认真，却不时地发些小牢骚。布置工作时，她常常爱提些意见，其实过后她照样好好去干。

直来直去的花儿，有我初出茅庐时的影子。共同的性格特点，让我和花儿成了跨越年龄界限、无话不谈的朋友。在交往中，你无须担心她用假话来哄骗你，她不会虚情假意地奉承你，不高兴时会冲你使性子，高兴时又会忘乎所以地与你分享。

同事们的聚会，成为花儿最灿烂的时刻。她会用自己的热情带动得整个餐桌的气氛都热烈起来，还会在姐妹的怂恿下，豪爽地干上几杯，不时向姐妹们发起挑战。此时姐妹们都喜欢跟她侃侃，把平时偶尔的不愉快统统抛在脑后，一派欢乐祥和的气氛。

这就是花儿。你看过花儿的外表，断然不会想到她有这一面。

玫瑰很美，但刺会扎人。花儿淡雅、自然，但可能香气浓烈、灼人，浓淡相间，花香宜人，才是她的本色。

喜欢花儿，爱闻花香；花儿迷人，香气沁人！

# "天命男"三部曲

## 序

窗外春雨绵绵，夜已很深，能听到雨滴的声音。今年的春季来得好快，还未过元宵节，第二场春雨已经降临，这在干燥的北方是很少见的情况。第一场春雨降临时，正值我发表了《"咖啡男"轩》，悄然离开与"咖啡男"相识的博客圈。春雨纷纷洒落，我站在雨中与春天同泣。本想听雨写序，可是纷乱的心情使我不能安静，于是搁笔。

今夜又闻雨声．我静心听雨，尝试为《天命男》写序。

因为写了女人，才想尝试记录男人；因为接触的多是女人，才想更多地了解男人。

之所以命名为"天命男"。是因为三个男人中，海、山已接近知天命的年龄，从另一个角度说，不同的性格决定了不同的人生轨迹，而对此进行诠释，也许这就是我写"男人三部曲"的全部用意。

我的高中时代，男女生之间界限极清，以至于20年后同学聚会时，我们慨叹一个班竟没有一对同学成为患难夫妻。毕业后，我进入了一所女子师范学校，校园里没有一个同龄的男子。

从女子师范学校毕业后，我走上了一个单色世界的工作岗位，更谈不上与男性接触。

生活中，我接触的男人：父亲，干练，脾气暴躁；兄长，善谈，善行，过于传统；夫君，老实，缺少阳刚气。对其余男人，只有观察，很少接触，更没想去了解。

可是偏偏在写"女人三部曲"的序时，我不经意间夸下海口，引起朋友的关注，于是不得已，开始整理少之又少的相关信息，开始拙写男人。自己对男性一知半解，只能以饮品涵盖男人的特征，作为权宜之计。

一个同事问我，你写的三个男主人公都是你的朋友吗？怎么回答？不知道，也许是，也许不是，我根本说不清楚。有人问，你喜欢喝酒、喝茶还是喝咖啡？这又难回答，其实在某种情形下，我会不自觉地选择某种饮品，不会刻意地去喝，去嗜好，所以也无所谓喜欢哪种。

我身边嗜酒的男人很多，我对酒这种饮品，只是重要场合里不得不碰一点儿，但这跟"酒男"无关，我觉得男人就该有些野性，这也是我首先写"酒男"的原因。

窗外的风声掩盖了沙沙的雨声，元宵节的爆竹声夹杂其中，我的思绪被睡意攻占，我放下笔，迷迷糊糊地睡去……

一觉醒来，风声正急，隔窗外眺，满目洁白。原来春雨被冷空气转化成暮雪，雨夹雪使这个春天又多了几分变幻，让人感受"乍暖还寒"的"最难将息"。

三个男人中，"酒男"是我最满意的，他个性鲜明，让我得以淋漓尽致地发挥。经过岁月的磨砺，他暴烈的性格趋于平和，但骨子里仍掩不住野性。这也是他的魅力所在。

　　"茶男"平和的个性，是塑造过程中的一个难点。如何反映也是难以解决的问题，因为他的性格决定了别人很难了解他的全部，于是我选择以情感起伏为主线，从一个侧面展现他的人格魅力。在情感起伏中，他由平和开始躁动，躁动过后回归自然。

　　"咖啡男"，还不能被称为完整的男人，他很年轻，棱角并没有经过岁月的磨砺。之所以选他，是因为切合咖啡主题。另外还有一个不愿披露的原因——也算完成一个夙愿，为自己的一段经历画上圆满的句号。其实写"咖啡男"的初衷，是全方位展示，但客观地讲，因为他的不定性，我怕呈现了太多我主观上的东西，于是结合咖啡，以场景呈现，把一些模棱两可的东西剔去。正因为他的不定性，我才在结尾埋下伏笔，让读者去品味、去体会。

　　写到此处，外面还能隐隐约约听到风声。静静的早晨，由于天气原因，元宵节的气氛不是很浓，突然想起一句俗语："八月十五云遮月，正月十五雪打灯。"记不起中秋节是否云遮住月，但这个元宵节的确是雪打灯。

　　让人容易记住的日子，让人难以忘记的夜晚，这为我写序增添了几分诗意，正合我写三个男人前前后后的复杂心理，有细雨润物，也有瑞雪涤心，有暖意融融，也有寒气袭骨，让人感受到世事无常，人生变幻。

　　我以一个女人的视角，展现了三个不同的男性，虽很幼稚，但自己还算满意，毕竟大胆地迈出了这一步，涉足了这块处女地。

　　女人，想找情人吗，酒男；想找爱人吗，茶男；想欣赏男人吗，咖啡男。个人拙见，没有引领的意思。笑谈男人，调侃自己！

## "酒男"海

酒是为男人特制的饮品，很少有哪个男人没有触及过他。古往今来，多少英雄豪杰举坛壮行，留下了多少传奇佳话。也有许多文人墨客，以酒为引，挥毫泼墨，书写了不朽的篇章。更有颓废者借酒消愁，孔乙己式自嘲人生。

男人像一杯酒，细酌慢饮，才能品出他的滋味。

海，被称为"酒男"，别错以为他是一个酒鬼。之所以叫他酒男，是因为他具有烈酒一般的性格，有陈酿的耐人寻味，也有葡萄酒的浪漫，还有啤酒的酣畅淋漓，尤其像黑啤，从感官上给人一种诱惑，畅饮起来，无比痛快！

海曾在一个比较优越舒适的环境中成长，"文革"后期，还在北京生活过一段时间。少年时，他叛逆而有正义感，赶上那特殊的年月，自是一段终生难忘的经历。

海本有自己固定的工作岗位，但他不甘于此，于是早早地下海，白手起家，卖菜、卖海鲜、修汽车，就这样打拼了几年，完成了"原始积累"。

20世纪80年代，他曾只身带上20万元现钞，用来购买紧俏食品，以抢占市场先机，打破市场垄断的局面。当营销商将他拒之门外的时候，他异常强硬："如果不同意，见不到老总，我宁可砸掉老总的车，也要做成这笔买卖！"野蛮的执着到底奏效了，营销商没办法，在僵持中打破了自己的垄断，破天荒地让他实现了心愿。

你要是以为海是一个胸无城府的暴发户、野蛮男，那就大错特错了。有时他也搬来诗词歌赋，赏玩一通，大有"一杯未尽诗已成，涌诗向天天亦惊"的气魄。

海也有柔肠寸断的情怀。为见他的红颜知己，他不惜从京城千里迢迢跑到广州，缠绵的诗词记录了这份浪漫："罗帐无佳影，恨鸳鸯被底愁生，玉枕湿尽相思泪，暗唤伊人。豆蔻花开初透，桃红柳绿春深，灞云未霁来归去，暮雨芳馨。"

他还因为恋人一时相思的泪，在午夜驾车百余公里，在凌晨赶到，与恋人相见。有情人相拥的那一刻，双方的思恋融化在温暖的怀抱里。

今年秋季，海与一女子邂逅，三天以后，却因发现其弱点，快刀斩断情丝，以至于该女子举起刀威胁，誓与他共存亡。你不要以为这是他年轻时的故事，这可是近半年之内，他书写的"知天命"的罗曼史，"雨后飞花知底数，醉来赢得自由身"。

海喜欢喝酒，对黑啤情有独钟。他喜欢在酒后与朋友、知己畅谈，酣畅淋漓后，偶尔也流露出少有的伤感。两年前，妻子与他离异，卷走了他的全部财产。打拼多年的海，这时才恍然发现，多年在忙忙碌碌中度过，拼命地挣钱，却忘记了经营家庭，储蓄情感。家庭的变故，使这位"烈男"在酒后流露出自己的伤感，想想自己多年"天马行空，独往独来，放荡不羁"，只知道为家庭拼命去闯，却不知如何享受生活，到头儿来人去楼空，才不免"对酒当歌，人生几何""看月不妨人去尽，对月只恨酒来迟"。

海要寻找他人生的另一半，一定找一个适合他，能够与他默契相伴的伴侣，然后用他的智慧、经验，让心爱的人幸福地生活在他身边。海说："以前没有很好地去爱，不懂得怎么去爱，现在真的懂了。我相信，我会以一种最佳的方式，爱我所爱的人，让她成为世界上最幸福的女人，否则我永远也不会掀起她的盖头。"

"酒男"海，以烈与柔的融合，开始书写后半生的浪漫。总有一日，他会品着自己钟爱的黑啤，与心爱的人对坐，酣畅淋漓地讲述自己的经历，爱人用心记录下他的海纳百川、海阔天空。这位"鹰击天风壮，鹏飞海浪春"的酒男！

## "茶男"山

茶是一种高雅的饮品。如果用茶的自然、清新、脱俗来形容女子的话，那用茶的古朴、典雅、平和来形容男子就再合适不过的了。我去过杭州西湖边的茶庄，茶具精致小巧，典雅的西子姑娘用温婉动听的声音讲述茶的品质，以及煮茶、沏茶、饮茶的方法。她边讲边演示，我虽不是很懂茶，但在这种氛围下也品出了一些滋味。同样的茶，用不同的方法，经过三次沏饮，每次感觉各不相同。从那时起，我对茶也产生了浓厚的兴趣，有时也将茶作为送给朋友的上乘礼物。

山，如他的名字一样，高大、挺拔，帅气的外表，很有磁性的嗓音，这一切都成为他吸引人的特质，使他具有了作为"茶男"的形象美和气质美。细细地品味，你还会发现山的古朴、典雅、平和、不追逐名利的性格。他善解人意，给与他相处的人如沐春风之感。

山出生在一个军人家庭。儿时的他像很多男孩子一样，对穿制服的叔叔，充满了敬仰。毕业后，他怀着儿时的憧憬，加入了武警部队，转业后在一个机关单位工作。此时，他已到了成家的年龄。

山的奇遇值得一提。他在休假逛街的时候，在人群中发现了一个皮肤洁白无瑕的女子，她的清纯一下子打动了他。他按捺不住青春的躁动，站在那里仔仔细细地打量，不由得遐想：好清新脱俗的女子，她就是我要找的意中人，我一定要娶到她，让她成为我的终身伴侣！他呆呆地想了很久，把她深深地藏在心里，从来没有向谁提起过。他期待有一天，这个女子会来到他身边。

也许是冥冥之中自有天意，一位与山共事的阿姨，喜欢他的为人，想把自己的女儿嫁给他。山碍于情面无法拒绝，与其女见面，但是心里隐隐约约出现的那个身影不时提醒他：他的人生伴侣是那个让他一见钟情的女子。一切就是那么神奇，当阿姨的女儿站到他面前时，他几乎惊呆——竟是他魂牵梦萦的女孩！"泛花邀坐客，代饮引情言"，此时山如一杯清茶入口，干渴的心田被入口的清茶滋润了。他闭上双眼，细细品味那一刻如茶沁人心脾的幽香，沉浸在幸福中，尽情挥洒自己对爱的执着。"流华净肌骨，疏瀹涤心源"，老天真的是眷顾美男，把他倾心的姑娘送到他身边。在山的眼里，女友是无与伦比的名茗。

山喜欢音乐，尤其喜欢那些经典老歌，聆听着舒缓的音乐，与爱妻共同品茗，"不似春醪醉，何辞绿菽繁"。他们爱的结晶可爱的女儿不久就诞生了。

山在这种安逸平静的生活中自得其乐。妻子所在的企业的倒闭，让他的内心起了小小的波澜。妻子毕业于名牌大学的金融专业，如今却到了失业的境地，他对她充满了爱怜，在生活上更加细心地呵护和关怀她，让她不要失落，让她时时刻刻体会到他的爱。平和的他更喜欢小鸟依人的妻子，如果能和她厮守在一起，即便平淡，夫妻间相依相靠、相爱相知，也算是人生莫大的幸福。但是命运往往喜欢和人开玩笑，妻子所在的企业倒闭后，她开始走入股市，用买断后的全部资金购买股票，在1996年好多股民栽在股市的时候，她却获得了很高的利润，进而开起了公司，走进了女强人的行列。望着风光的妻，山本来平静的心湖泛起了层层涟漪。他欣赏他的妻，但也感到他们的心离得愈来愈远。但他照常以灿烂的笑容面对自己的妻子，把一些伤感悄悄埋藏在心里，他好向往那种"素瓷传静夜，芳气满闲轩"的生活。

妻子开始频繁地出入社交场所，好多生意上的事也不愿意让他知道，他曾多次努力，想缩短这种距离，可是妻子始终以一种排斥的态度，不让他过问生意上的事情。山好像置身于她的世界之外，如旁观者一样，只能静静地站在远处瞭望。他渴望找回原来那个每天上班，回家和他一起煮饭、吃饭，跟他嬉笑打趣的妻子。他渴望她把关注商机、关注项目、关注其他合作伙伴的目光，重新移回他的身上。

山一边孤独地品茶、寂寥地听音乐，一边期待着。这个漫长的过程，让他日渐失落，妻子对他的孤独好像置若罔闻，依然不回头地走下去。只有同床共枕时，山还能在妻子身上找回一些往日的感觉，但熟睡后，有时望着妻子既熟悉又陌生的样子，他不禁潸然泪下。他不想让她知道自己内心的痛苦。每天他依旧在朋友面前谈笑风生，依旧在人前与妻子做出恩恩爱爱的样子，但是在自导自演的角色背后，在幸福的笑容背后，隐藏的是不易被人觉察的一种悲哀，真是"醒酒宜华席，留僧想独园"。

山始终是个男人，需要女人的理解与爱护，他如饥饿的狼一样，在寻觅自己的猎物。当他对妻温情脉脉的时候，也不免想把温情送给一个理解他、能给他带来温情的红颜知己。盛夏隔夜的茶开始有些变质。

山像往常一样，温柔地对妻子说："亲爱的，你最近太辛苦了，这样吧，你给我买辆车，如果哪天你累了，我可以随时去接你，免得出问题，我也不放心。"女人就是女人，听老公这样说，她满口应允。

山有了自己的车，开始穿梭于都市之间，古朴、平和、典雅的茶，也融进了花的味道。但花茶依旧是茶，他依旧会在人前深情地注视他的妻子，露出一个幸福男人的笑容……

"茶男"山，也许有一天会离开他的妻，但是即便是放弃，他也要保持自己的绅士风度，让所有人相信他就是名副其实的好男人，失去他，永远是任何女人的遗憾。"御史秋风劲，尚书北斗尊。"

## "咖啡男"轩

咖啡远不像酒、茶，它们在中国都有悠久的历史，而咖啡因为是外来饮品，显得既年轻又具有诱惑力，深受一些时尚白领的喜爱。我喜欢咖啡，吃过咖啡糖后那微苦含香的味道让人难忘。读过《爱尔兰咖啡》以后，我更加喜欢咖啡，那温馨浪漫的故事深深吸引了我。当然，我知道这里的爱尔兰咖啡，严格说，它是曼特宁咖啡与爱尔兰威士忌混合成的鸡尾酒。但正因为以咖啡命名，它才更显诱惑。咖啡的魅力到底是什么呢？是那恰如其分的酸苦味，是那份让人欲罢不能的香醇，还是令人兴奋的咖啡因？

"咖啡男"有着和咖啡一样酸苦的经历，他如今的生活像咖啡一样透着香醇，而他的人格魅力，像咖啡因一样对人充满诱惑。

我和轩相遇于一间安静、小巧的咖啡屋。他身着一身休闲装，独自在靠窗的桌前坐着，眼睛凝视着窗外，若有所思。他时而用汤匙随意地轻搅咖啡，动作优雅、娴熟，时而拿起咖啡杯，品上几口，未脱稚气的脸上又透着一种与年龄不相符的成熟。他无视客人的进进出出，陶醉在自己的世界里。那神情与外表似乎有些反差，这倒让我对他多了几分注意。

我和轩相识，因一个偶然的机会。一个周末的傍晚，我独自走进熟悉的咖啡屋，不知怎的，那天靠窗的位置几乎坐满，只有轩对面还有一个空位。由于年龄的跨度，我犹豫了片刻，最终还是走了过去。轩很和善地笑笑，跟我打招呼："你好，坐吧！就你自己？"我如释重负，点头坐下。我们边喝边聊起来。轩很健谈，完全出乎我的意料，也许是我年长于他的原因，谈话倒轻松、随意了许多。我们谈了许多。看得出，轩好希望让人了解他，也渴望被人理解，他想获得更多人的认可。那一刻我把轩与曼特宁咖啡联系在一起——苦而浓郁，亦有甜味。

轩说起了一个爱他的女孩，因为他对她没有兴趣，这个女孩伤透了心，他很无奈。我看到了轩的另一面，犹如巴西桑多式咖啡，温和的酸苦味与香味糅合在一起。

　　轩喜欢写作，会拿来些作品让我欣赏，我从他的作品中更多地了解了他。轩所写的多是他的生活经历、感悟，充满真情实感，我常看得落泪。他有不同于同龄人的生活经历，漂泊在外打工，受朋友欺骗，各种工作使他过早地尝到生活的艰辛。父亲的早逝，母亲的含辛茹苦，对于年轻的轩来说，是一种无形的压力。但我就是羡慕他，他很阳光，喜欢快乐地歌唱，让快乐冲淡生活中的不如意，犹如墨西哥阿尔多拉咖啡酸甜有劲，味道香浓。

　　一次，轩拿来他的随笔，我看后极为伤感，问他为何小小年纪就谈到了死的问题。他轻松地回答："这是早晚的事，假如我有一天突然离去，我就是这样想的！"处于为人母的本能，我严厉地说："不可以！你怎么可以先于你母亲而去？"他沉默了，随后忧伤地告诉我，他患了癌症，没有多少时间了。我一下子惊呆了，脑袋一片空白，眼泪夺眶而出："怎么会？你还这么年轻！"他突然笑起来："姐姐，我骗你的！"我最恨别人骗我，这次却没有任何怨恨，反而很欣喜："但愿你是真的骗我。"看到我凝重的表情，他说："对不起，姐姐，我真的是在骗你呢。"然后拍拍胸口，"你看我的身体有多棒。"看到他孩子气的样子，我破涕为笑："算了，坏小孩，我原谅你了！记住，不应该开这样的玩笑！"他不好意思地摸摸头，连声说："对不起，对不起！"此时我又把轩和夏威夷可娜咖啡联系在一起，强酸、香醇，有热带风味。这是轩第一次骗我，骗得我好苦，但我没有怪他，没有人希望他说的不是谎言。

　　在和轩相处的那段时间里，我似乎为他的作品、他的阳光所激励，在写作上也突破了往日那种哀怨的情绪，开始拓宽自己的思路,那是我业余写作最执着、最认真、最充实的阶段。

我和轩最后一次交谈是在咖啡屋拆迁前一个星期。那时我们并不知道此处被开发商看中,照例坐在靠窗的桌前,边喝咖啡边聊。他说他将结束漂泊的生活,走上自己心仪的工作岗位。我高兴地为他祝福。他说:"好久我没有见到母亲,最近看到她老了许多,她身体一直不太好。我都这么大了,仍不时靠母亲接济,我很内疚,这回找到工作,一定努力做下去,让母亲过上更好的生活。"他接着说,"也许为了母亲,有一天我会跟不爱的人结婚生子,但我又很矛盾,怕我的感情不能全投入到对方身上。我怕因为母亲的缘故,伤害到另一个女子。"他袒露了自己的心声。我只能劝慰:"不要着急,试着接纳,尝试去爱。我想,有一天你会做出属于自己的选择,这个选择一定会得到母亲的认可。你要相信,在这个世界上没有一种爱能超越母爱。先放下感情问题,去努力地工作、学习、生活,有一天,你会用一种新的视角看待周围一切,到时你会做出选择的!"此时,我又把轩与哥伦比亚的斯普雷墨咖啡联系在一起,味浓且重,但色泽纯净。

我知道,以轩的个性,让他做出选择是件很难的事。他敏感、重情,但个性尖刻、极有主见,不知什么样的人和事能够影响他,让他做出最终的选择。从好奇到求解的过程中,我了解了他的内心世界,但又在交谈中模糊了对他最初的印象。他永远像咖啡一样融酸、苦、甜、香于一体,每种味道诱惑着不同的人,让人带着好奇慢慢地体会,细细地品味,好似被咖啡因不断诱惑,不得不嗜好。

后来,咖啡屋被夷为平地,又建起了比先前更豪华的咖啡屋,我尝试着去寻找以前的感觉，可时过境迁，面目全非。我再也没有见过轩，不知以后的路，他会如何去走，但我会默默地祝愿好人一路平安，期待他有一天气宇轩昂地站到众人面前。

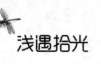

# 终于到家了

"终于到家了！"儿子进门的第一句话。他脸上带着微笑，表情兴奋。看到他拎了大小 4 个包，我赶紧接过来："累吗？"儿子说："累死了！妈妈，我们这几天就盼着回家，每天晚上闹到很晚，昨晚有的同学 3 点才睡觉。""每天和同学一起住、一起学习，不是挺好吗？""妈妈，我们每天睡眠不足 6 小时，一天到晚不停地学，简直是魔鬼训练营。"我笑了。这次儿子走的时间比往常多了一周，今天看到他气色很好地站在我面前，提着的心总算归位。

正值中午，我忙着给儿子煮饺子。每次儿子回家前，我在电话里询问他回家吃什么，他的回答一成不变："饺子。"饺子熟了，我喊他："儿子，快吃吧！"儿子边吃边说："嗯，好吃，好吃！"我笑了："还不是和平常一样？""妈妈，你知道吗？这些天我吃得很少，我们学校的饭菜，那叫一个难吃，我最近都很少吃早点。"的确，这次回来，他瘦了一些。"这次回来，没有很胖，看起来帅气了很多。"听我这么说，儿子来劲了："妈妈，我们班同学都叫我帅哥呢，于是我也自称为帅哥，代号帅哥！"看到儿子自信的表情，我忍不住笑出声。

吃过饭，儿子一头扎在电脑里，看心爱的网络小说。"儿子，怎么又看上了？""妈妈，求求你，刚回家，我要疯玩两天，从第三天起，就开始学习。""好吧！""那明天去滑雪吗？""当然去，我早就盼着呢！"

几天前，想让疲劳的儿子身心得到放松，我安排了2月7日去滑雪的行程。儿子"学习细胞"不是很发达，但"运动细胞"还不错。"明天第一次滑雪，想不想请个教练？""不用，我自己能学会。"我笑了，真是我儿子。我第一次滑雪也是执意不肯请教练，结果摔个稀里哗啦，还好最后学会了。

第二天早晨，我们踏上了北去的行程，到100里以外的玉龙雪场。这次和儿子同行，多了一份责任，在车上我给他讲了滑雪过程中自己的感受和动作要领，并让他补充好能量。

到达以后，我们存放好物品，全副武装。儿子胆子真大，第一个冲下了雪坡。他摔倒了，我赶紧叫人将他扶起。我是第二次来，有了一些经验，但是看到第一个雪坡，还是免不了紧张。我鼓起勇气冲下山坡，有些失去平衡，但没有完全倒下去，蹲着滑下了坡。

同行的十几个初学者一字排开，听教练讲解，儿子满不在乎，摔倒后爬起来，一溜烟不见了踪影。我边滑边在人群里搜索，很快看到了他的身影，原来他已经上了初学者的滑道。

我与同行的三个姐妹一起滑着，她们不停地叫我，我的目光从儿子身上移向她们。我努力地帮她们，并鼓励她们放松。看到她们艰难地前行，我想起自己第一次来的情景，一样笨拙，一样胆怯。我带她们上了输送道，等我到坡顶回头一望，原来她们双双半路摔倒，正在别人的帮助下挣扎着站起来。我选择了比较缓的坡面，双脚向内收，屈膝缓缓地滑下去。儿子不知什么时候滑到我身边："妈妈，我会滑了，一次都没摔就滑下来了。""儿子不错！真行！"儿子高兴得又向远处滑去。的确，孩子们学起来要比我们容易很多。我们重新回到坡上，此时剩下两人。我和同事一起站好，我把我所体会到的东西倾囊相授，希望她能尽快领悟。我们同时滑了下去，没过多久，我听到她摔倒的声音，但我收不住脚，只能直接滑下坡。滑到一半，只听中级滑道上一个人尖叫的声音，好熟悉，我循声望去，原来柔被教练拥着带下了山，胆小的她一路尖叫，那声音震动整个雪场，几乎所有人都将目光投向她。此时，我已滑到下面。我来到惊魂未定的柔身边，她说："我再也不上去了。"我笑着说："你一路大叫着滑下坡。""唉，别提了，教练都被我的叫声吓得要命，丢脸！我爬到上面就后悔了，教练说教我，我说不用了，你把我运下山就行了。刚才秀说，我的叫声跟上回见到老鼠时发出的叫声一样。"我们几个人哈哈大笑起来。

我在初级滑道滑了几个来回，没有摔跤，信心大增，整个身体放松下来，脚下也轻松自如。儿子再次来到身边，说："妈妈，我只有刚下雪场时摔了一跤，没有再摔，我上高级滑道了！""行吗？""没问题！""找个伴？""不用。"儿子又离开了。

这次我与同行的姐妹也选择了中级滑道。中级滑道与高级滑道相连，从高级滑道下来转弯，便是中级滑道。中级滑道上有很多人排队，我们缓缓前行。上了输送道，我看到儿子已经从高级滑道飞快地滑下，倒是很潇洒，到终点时一个急停，没有站稳，摔倒在地。我的心咯噔一下，目不转睛地看着，只见他将雪杖用力插在雪地上，然后手用力支撑，一下子就站起来了。

儿子真行！我在心里赞叹。每次摔倒，我都不能自己独立站起来，儿子却能自己站起，我对他心生佩服。儿子又上了输送道，脱离了我的视线。

　　由于中级滑道的第一个坡比较陡，我站在坡上认真做准备，心里默念：无论速度多快，都不要紧张，一定要控制好动作。我毫不犹豫地滑下坡，速度好快，但控制好了身体，平稳地向前滑行，到了缓坡，更是自如地调整好方向，躲避滑道上的人们。就这样，我一次性成功滑到终点。

　　有了第一次滑雪的不放弃，有了第一次滑雪的恒心，才有了这次滑雪的顺利。人生何尝不是如此，你若轻言放弃，那么成功就会与你擦肩而过。

　　我不禁想到滑雪过程中的儿子，假如他在学习上也能这样执着，不断挑战自己，我相信不久就会看到成绩。我决定回家后让儿子说说此行的感受，这次滑雪在让他休闲放松的同时，也应成为启迪和激励他的一个契机。

　　一次经历，一个收获；一次成功，一种信心。我们带着运动与挑战的快乐，踏上了回家的路，从冰冷的世界返回温馨的住所，终于到家了！

# 惯例

老公每天早晚各打一次电话给我，雷打不动，已成习惯。

起初我总是劝他别这样，时间长了，会成为习惯。一旦成为习惯，也好，也不好——万一出现什么状况，双方都会不习惯，甚至造成紧张的局面。可任凭我怎么劝，他都不肯听，他说每次打完电话，就会很踏实，弄得我也没办法，只好默认。

可是有时偏偏就会出现状况。某个早晨，我刚把挤满牙膏的牙刷放在嘴里，电话铃响了，我匆匆地漱掉满嘴的泡沫，接完电话重来一遍。赶上心情好时，我便说句："讨厌，人家正刷牙呢，干吗非得这个时间？"有时还有比这更窘的局面。他有时会说睡过头儿了，有时会说故意挑的这个时间呢。

晚上，他也在固定时间把电话打过来。有时，他忙了一天忙昏了头，忘了时间，我就会奇怪，他怎么没打电话呢？再晚一些，我会忍不住拨打他的电话。他的工作环境嘈杂，手机信号也弱，我打不进去，弄得紧张兮兮，直到他的电话打进来才放心。赶上我临时有事，来不及提前通知他，也弄得他坐立不安。

老公本是一个很爱睡懒觉的人，我总是跟他说："不一定非得固定时间打电话！早晨你只管睡，睡醒了，什么时间打过来都可以。"可是他很固执，就是不肯改变。

前些天他的手机出了故障，他减去早晨的一次电话，晚上不惜在公用电话前排队把电话打过来。而我赶上心情不好，就会在电话里大声责怪："简直有病，整天问这些话，你烦不烦？"他就急忙说："好吧，撂了吧！"这是速度最快的情景。老公的电话永远是，早晨问："起来了吗？做梦了吗？"晚上不管几点都问："吃完饭了？在干什么？有事吗？"我时常责怪他："你能不能问点儿新鲜的？"我要是说一点儿事情，他会絮絮叨叨不停地问，每次都得我打断："好了，别说了！"他会说上好几次"再见""晚安"，直到放下电话的那一瞬间，有时还能听到他的声音。

前两天夜里没有睡好，我跟他说了，惹得他连续好几天，早上的第一声问候就是："昨晚睡得好吗？"直到有一天，我实在忍不住，在路上喊了起来："喂，你有完没完？"他匆匆挂了电话。我又后悔不该这么没头没脑地责怪他。到了晚上，我会心平气和地听他说话，以弥补早晨的过失。偶尔，我也会娇嗔地跟他说道歉，他会很开心地聊个没完，最后还是我叫停，把他罚下场。

老公照旧一天两个电话打进来，他的手机成了我的专线。他没办来电显示，他说没关系，除了我的电话，很少有别人的。如果有未接电话，他会第一时间打给我，问问是不是我有事找他。如果天气突变，不管哪个时间段，他都会打电话嘱咐我："下雨了，带雨衣了吗？挨浇了吗？把窗户关好！"唉，老是觉得我好像什么也不知道，没办法！

老公照例每天早晚各一次电话，雷打不动，这已然成为我们俩的习惯。

# 第一次细读父亲

　　我体会到的母爱是直接的，体会到的父爱是深沉的，两种不同的爱，让我的感受不同，但同样博大。母爱，我时时体会到；父爱，我由不懂到懂，由不理解到细心体会。

　　父亲节前一周的公休日是父亲76岁生日，这是一年当中全家人难得聚在一起的时候。提起父亲，我不知从何说起，有时真是奇怪，我的爷爷、叔叔、伯伯脾气都很温顺，都是不善言谈的老实人，偏就出了一个脾气火爆、沾火就着的父亲。父亲在兄弟姐妹中排行第五，聪明能干，雷厉风行，可能也是因此，他从14岁起就承担起养家糊口的重任。

　　小时候我很胆小，对父亲的印象好像只有一个"怕"字。其实不但我如此，家里的其他成员也没有一个不怕父亲的，大到我尊敬的长兄，小到侄孙。加之母亲是一个极为传统的妇女，我们整个家庭便以父亲为中心运转，一直延续到现在四世同堂，这种局面丝毫没有改变。可以说，我们在敬畏和仰视中与父亲相处。

　　我虽然胆小，但是脾气倔强，也是兄弟姐妹中唯一一个不知深浅、敢和父亲对抗的孩子，为此，我挨父亲训斥最多。我们父女俩的冲突，常常在家庭中出现。记得有一次，妈妈给我买了一件花色衣服，我不喜欢，说什么也不穿，爸爸气急败坏地拿起衣服就往火炉里填。在这种情况下，我一边抹眼泪，还一边说："就不穿！"妈妈左挡右挡，才把爸爸和我之间的冲突平息。幸好有母亲的庇护，我才免受皮肉之苦。

后来听妈妈说，在兄弟姐妹中，爸爸最头疼的孩子就是我，他暴烈的性格让每个孩子乖乖臣服，但我这个孩子让他多少有些没办法，又不能经常拳脚相见。好多时候，父亲会对母亲说，迁就我一些，让她最好第一个把我答对顺心。父亲可能也是怕类似的事情再次发生。我和父亲的关系微妙了许多，我们很少交流，也很少亲密接触，近乎一场冷战。

因为父亲的能干，我们这个多子女家庭，即便是很困难的时期，也从未贫寒。我敬仰父亲，是因为他虽然性格暴烈，但在我们成长的过程中，他大事讲道理，小事化解，在关键环节上给予我们指引。母亲性情温婉，经常谦让，虽然父亲很暴躁，但他们夫妻从未当着孩子的面吵架，让我们始终在很温馨的家庭氛围中成长。

在我的记忆中，和父亲少有的一次亲密接触，在我十岁那年，我得了极为严重的肾病，爸爸抱着我就医，神色焦急。我极其虚弱，望着父亲，觉得他并不是不喜欢我，只是我不会讨他喜欢。后来，父亲背着我出院，我靠在他并不宽阔的背上，体会到在父亲身旁的安全感。

我和父亲两个人的旅行，应是在我去师范学校上学时。父亲背上行李，与我同行。那时父亲是骄傲的，因为就是他最头疼的孩子，能从 3% 的入学比例中争得机会。他开心地送我。那

# 浅遇拾光

个时候交通不是很方便，只有屈指可数的几趟火车能够乘坐，我在爸爸的护送下安全到达学校。路上，我们父女俩很少说话，但对于很少离开家门的我来说，有父亲在身旁，胜过一切。我对独自在外生活没有更多设想，感到新鲜的同时，也有些胆怯。父亲将我安顿好，叮嘱几句，便依依不舍地跟我挥手道别。父亲清瘦的背影，在我的视线里越来越远，我心中油然升起一种从未有过的依恋，好想喊声："爸爸，一路小心！"可是声音哽咽在嗓子眼儿，没有发出来。

父亲重男轻女。儿子结婚的时候，他会动用全部积蓄操办；女儿出嫁时，他就会有所限制，母亲常背着父亲偷偷为我们添置物品。随着年龄的增长，父亲有所变化，看到我们姐妹回家，会喜上眉梢。这不，父亲节，我给父亲买了一件上衣，父亲边试边说："买这干什么，我有的是。"姐姐给父亲买来海鲜，父亲边喝酒边开心地笑着。因为女儿的贴心，父亲开始觉得女儿格外珍贵。

其实父亲生日那天，我多少有些遗憾。父亲的生日，正赶上儿子高考结束，儿子考得不好，影响了我的情绪。虽然我尽量掩饰，但看到我不开心，席间父亲的情绪受到很大影响。在父亲生日当天，我不能让父亲开心，反而给他平添烦恼，真觉得自己不孝。

父亲节前一天，我和父亲还为了孩子上学的事辩论了一番。父亲认为，不能刻意地培养孩子，花多少钱，孩子不是那块料，也是枉然。但是身为母亲的我，只想尽自己最大的努力，为孩子创造学习空间，以后不至于留下什么遗憾。其实我理解父亲，父亲是心疼自己的女儿，怕我负担过重。我在父亲面前极力阐述自己的观点，父女俩僵持不下，各抒己见。当时我没有细心地体会父亲的关怀之情，只是一味和他争论，晚上没有再见他。回来后细想，我感到后悔，不该总和父亲争论。等次日的父亲节，我一定挽回这个局面，做一个乖女儿，让父亲喜欢。

"爸爸，父亲节快乐！"我带着灿烂的笑容，站在父亲面前。父亲笑了，我送上礼物，父亲一边接受，一边埋怨："干吗又花钱，我有的是穿的。"我借题发挥："母亲节我送妈妈礼物了，如果父亲节不送礼物给老爸，老爸会说我偏心的。"母亲说："你怕你爸吃醋？"父亲笑了，我也笑了，我和父亲又一次冰释前嫌。

父亲节当天觉得应该写点儿什么，因没有提前打算，行文有些仓促，说实话，我不是很满意，但这也算多年来第一次认认真真地记录父亲，才发现自己真是很少静下心来这样品读父亲。是不经意，还是忽略？都有可能。平心而论，我对父亲还真没有对母亲那样关注。老爸，真是抱歉！

# 把吻送给最亲爱的人

"妈妈的吻，甜蜜的吻，让我思念到如今……"儿时妈妈常把她的爱化作甜蜜的吻，烙在我的脸上，我甜甜的微笑会印在妈妈心里。在妈妈的呵护下，我记不清度过了多少欢乐的节日。在生活中，我不需要刻意记住什么节日，甚至可以随意忘记任何一个节日，因为每个节日来临时，妈妈都会准备一桌子饭菜，然后叫我："过来到妈妈这儿吃饭来！"让我感受到那份浓浓的母爱。慈爱的妈妈就是这样让我度过成长中的每个节日。

今年刚进 5 月，我就在思索，母亲节到来时该为妈妈做些什么。送一个祝福给妈妈，是必要的；帮妈妈做些家务，是理所应当的；送上一束花，妈妈会觉得不值得；送一件衣服，妈妈穿上会骄傲；买营养品，可以让妈妈滋补一下身体。到底送什么礼物才能给妈妈一个惊喜呢？我思来想去，拿不定主意。何不听听朋友的建议？也许会有意外的收获。

朋友说："很简单啊，送上一束花、一个吻。"我怎么就没有想到呢？这个想法有特色，有创意。一个吻，我接受；一束花就免了，因为送花，也许老人不会接受。主意已定，我好像完成了一项大工程，心情轻松了许多。

　　说来凑巧，母亲节那天，单位加班，培训英语，一天的时间就这样悄悄地过去，看来为妈妈做家务的事算泡汤了。于是一下班，我就匆匆赶着为妈妈和婆婆买礼物——一件漂亮的印有玫瑰色花朵的上衣被我相中，一下买了两件，又挑了一个西瓜，匆匆赶到婆婆家："妈，今天是母亲节，祝您节日快乐！"我将礼物送到婆婆手上。

　　婆婆笑着说："今天上午张姨和李妈还说起母亲节，我说我不懂，什么节也不知道。"听了婆婆的话，我觉得自己真的不虚此行。婆婆会记住这个节日的，再也不会对别人说不知道了。

　　有时你不得不相信，冥冥之中命运自有安排。在一水果摊前，我正挑西瓜，旁边一个男士的车筐里两朵包装精致的红色康乃馨映入我的眼帘，我不假思索地问："这花从哪里买的？"他顺手一指，哇，好近，我也买上几枝。来到花店门前，一下就买了六枝，红色的。拿到花，心里好快活，好满足！看看时间，已是17点35分了，一切就绪，我抓紧往家赶。

　　骑上车，突然觉得这些礼物没有花费很多时间就准备好了，只有这个吻，还不知怎么送出，这样一想，倒觉得有些不知所措。我设想进门后先拥抱妈妈，然后顺势送上一个吻，自己都忍不住偷笑。妈妈会怎么说呢："死丫头，搞什么搞？"我都能想出妈妈会是什么表情。

　　人算不如天算，本想一进屋就想给妈妈一个拥抱，可是偏不凑巧，妈妈正趴在床上看电视，看来我的计划需要及时调整。我拿出花："妈妈，祝您母亲节快乐！"

　　妈妈并没有排斥："快插花瓶里去。"

　　我拿出第二件礼物，"妈妈您看，好看吗？快试试！"

"说了不让你花钱，我有的是衣服穿。"

"妈妈，我好喜欢这件衣服，您看这花多漂亮。"

"嗯，是挺漂亮的，挺好的。"衣服试完了，妈妈又坐回床上。这下我有些为难了，还有一份大礼没有送出呢！怎么办？唐突地来一下，我还真有些不好意思，缺少这种勇气，放弃又不甘心。

"爸爸，本来想送一个拥抱给您的。"我说。

爸爸在一旁笑着说："拥抱干什么，亲你妈妈一下。"

借着爸爸这句调侃，我顺势抱住妈妈，在她的脸上吻了一下。我本以为妈妈会嗔怪的，但她只看了我一眼，竟什么也没说。此刻，我都觉得自己的脸有些发烧，爸爸看我的眼神，似乎有羡慕，有满意，也有些期待。我不好意思地向爸爸做了个鬼脸，缓解一下尴尬，也不好意思再说些什么。我指着西瓜，调侃道："西瓜嘛，老爸沾妈妈的光，一起享用。"说完，我们母女俩依旧幸福地沉默着。

整个晚上，平时最爱唠唠叨叨的妈妈，却很少说话，脸上洋溢着幸福的满足。静静的夜晚，在这种无言的默契中，我陪伴在妈妈身边，感受着她的快乐，让这种温馨与幸福一直蔓延下去。就这么一个简单的礼物——吻，我没有想到，它带给妈妈的感动，应该远胜于其他任何贵重的礼物。

其实多么简单的举动，多么容易达到的满足，而身为成年儿女的我们却因羞于表达，往往忽略。平日里我经常埋怨妈妈不停地唠叨，这埋怨的背后，我是不是忽略了妈妈对于我们的关心，以及她为儿女们一生操劳的艰辛。

本来奔波一天的我是疲惫的，但我的一个吻，却让妈妈整个晚上都沉浸在幸福和快乐之中，这种温馨的感觉也感染了我，驱散了我所有的疲劳。

　　我由衷地感谢我的朋友，是他的建议让我获得了从没有过的感受；更重要的是，他让我最爱的人——妈妈，在自己的节日里收到最渴望、最珍贵的礼物——女儿的吻。

　　我记不起妈妈曾送给我多少吻，但永远能记起妈妈的暖。

　　我数不清妈妈曾给我多少欢乐，但永远能记住妈妈慈爱的笑脸。

　　如果我有无数次选择的机会，我会一次也不错过地选择您——生生世世做我的母亲。

# 重温母爱

午夜，一声有力的啼哭划破天空，我平生第一次体验了做母亲的感觉。随着这一声啼哭的到来，先前的痛楚、疲惫一下子烟消云散。虽然很虚弱，但被愉快、幸福萦绕，我名副其实地做了母亲。不知是因为兴奋，还是因为从未经历过痛彻心扉后的轻松，我竟彻夜未眠……

清晨，当一缕阳光爬上窗口，我的心情才略微平静下来。因为母婴不同室，我开始想象即将看到的小生命应是什么一个样子。我开始后悔，孩子出生时没能像守候在产房外面的家人一样，将孩子看得清清楚楚、仔仔细细，这使我有一些小小的遗憾……

和推门声同时传来的，是一个我熟透了的声音："不管生男生女，母子平安就好！"母亲来看我了，不停地念叨着："要注意身体，不要着凉，免得落下病根。"听说我一夜没睡，她又说："要好好休息，经常闭眼，一定要养好身体。"我仔细地听着，生怕漏掉什么。也许是很少安静地躺在床上，也许是婚后很少端详母亲，也许是母亲刚拔掉牙，还没来得及装上假牙的缘故，我看母亲老了许多，两腮有些凹陷，添了许多皱纹。虽然岁月在她的脸上留下了许多印记，但永远不变的是我熟悉的微笑与慈祥。

由于医生查房的缘故，母亲很快就要走了，临走时又留下许多嘱咐我的话。望着母亲离去的背影，我眼睛有些模糊，心中油然生出成年以后很少有的对母亲的依恋之情。

当时正值春天，我想到的却是凛冽的冬天我背着书包放学回家的情景。天气冷得吓人，妈妈会早早地等在门前，看到我走近，打开门说："冷吧，快进屋，先喝口汤，暖暖胃。"听到妈妈的话，外面再冷，我的身心也会很快地暖和起来，被这暖融融的爱包围……

再往下想，夏天吃过晚饭，妈妈给我们姐妹挨个洗澡，爸爸仰卧在床上，嘴里哼着跑了调的小曲。洗去汗渍的我们清爽地嬉戏，做着过家家的游戏，从外屋传来正在忙活的妈妈含着笑意的声音："轻点儿，轻点儿，别再跑出汗来！"不知过了多长时间，我们玩累了，躲在妈妈腋下静静地睡去……

高中毕业，我第一次离家到外面上学，妈妈将我送到家门口。临行时，我不忍回头看她一眼，我知道一转头就会看到她眼里滚出的泪水。

也许是因为做了母亲，我想起以前的事，与往日感受大不相同，眼睛呆呆的，脸上却始终洋溢着笑容，我就这样静静地想着、想着，沉浸其中……

突然，病房里热闹起来："孩子来了！"病室里陪床的家属涌向楼道，所有母亲不约而同地把热切的目光投向了门外……

# 不能泯灭的亲情

30年中，我目睹了他对父母的态度。在患病最严重时，他惧怕的是父亲，每每父亲在身边，他都会收敛。而对最疼爱他的母亲，他却有些变本加厉。母亲劝他时，他会对母亲大吵大闹，有时甚至难以控制地谩骂。每当这时候，母亲会偷偷地落泪。我总是对他有一种怨恨，觉得他太过分，有时甚至觉得他在这个世上是多余的。但母亲总是第一个原谅他的人。"别和他计较，他是病人，脑子不清楚。"受母亲的影响，我们也不再和他过分计较。

"你的母亲是好人吗？""是！""你爱你的母亲吗？""爱！""你的父亲是好人吗？""是！""你爱你的父亲吗？""爱！"回答得很顺畅，测试中经常出现类似的重复性问题。比如："你对主动亲近关心你的人会产生猜疑吗？会认为他别有用心吗？"他每次的回答结果可能完全不同。而对于亲情问题，虽然重复的次数比较多，但他的回答是完全相同的。他对于母亲的态度，我一点也不意外，因为母亲对他的付出，任何人也不能相提并论，更谈不上超越。但他对父亲的态度，多少让我有些意外。好多时候，父亲对他是严厉的，他犯病时整天嘀嘀咕咕，父亲会很恼火地指责他。他从心底是惧怕父亲的，但我发现他并没有怨恨父亲，因为每次回答起关于父亲的问题，他都是不假思索、很坚定的。

当时，我很感动，在他的"异度思维空间"里，亲情并没有被扭曲，他内心深处还完好地保存着世界上最珍贵的亲情。我耐心地倾听他的回答，为他解释每一个问题，我忘记了在测试，把它当成了我与身处"异度思维空间"的哥哥的一次心灵对话，以至于心理医生在旁边都有些焦急，不断地提醒我有些问题可以忽略。就这样，我从旁观者，变成了踏入哥哥的内心世界的人。我也庆幸心理医生给我提供了这样一次机会。

一个家庭中有一个患有精神分裂症的病人，是很令人痛苦的事情。在哥哥患病的 30 年中，父母一直是他的监护人，对于哥哥来说，患病是悲哀的，但是生活在父母身边，他又是幸福的。父母在他身上倾注了全部的爱，像呵护一个孩童一样尽心地照顾他，并时时为他的未来打算。受父母的影响，我们兄弟姐妹对他也格外照顾。从健康的角度说，他的身心是残缺的，但是从亲情的角度说，他又是富有的。这 30 年来，他的病情由最初的隐性到时常爆发，后来一点点趋于平缓，可以说药物的作用很大，但亲情的作用更大。

一个正常人的心理，都很难把握，精神分裂症患者的心理更是深不可测，他的思维斑驳陆离。这么多年来，我第一次走近他。虽然我不能完全了解他，但是走近他，他内心的彷徨、矛盾，以及那抹不掉的亲情，带给我的是震撼，是感动。在以后的日子里，我会像自己的母亲一样，悉心地爱护他，让他残缺的人生更加温暖。

# 祭母亲

母亲这样匆匆地离开我们，是我始料不及的。因为听信了相师的话——母亲会寿终正寝于 81 岁，我总觉得母亲留给我们的日子还长，而母亲却在 77 岁生日后的第十天，就告别人世，匆匆地离开她的儿女。两年前母亲唯一的姐姐去世，她过度伤心，终日郁郁寡欢，旧病复发，引发脏器损伤，早时医院没能彻查，以至于等到最终确诊时，已病入膏肓，医生也无能为力，令兄弟姐妹痛心疾首。我们忽略了母亲的身体，如今想来，悔之晚矣。

母亲生性平和、善良，一生虽无惊天建树，在我看来却平凡而伟大。

母亲生于 1936 年农历九月十七，祖居北塘，姓宋（原姓张）名淑兰，幼年家境很好，谁知天有不测风云，她年少时，外祖父染上风寒，引起肺部感染，外祖母变卖家产也没挽回他的生命。外祖母带着母亲流浪异乡，幸得好心人撮合，母亲有了继父，又有了一个完整的家。

母亲上学是在中华人民共和国成立以后，入学很晚，读到小学四年级时已经 18 岁了，便辍学与父亲成婚。登记那天，父亲用自行车载着母亲，回来时遇大风，母亲便搭马车。路上，车夫不慎被甩下马车，母亲坐在受惊的马车上不知所措，在她无望时，父亲赶来将她救下。这惊心的一幕一时被传为佳话。

他们成家后，因为儿女多，加之父亲比较顾自己父母那边，本来就不算富裕的生活又平添了许多负担。母亲从不责怪父亲，对父亲的兄弟姐妹一如既往地关心和爱护；对待子女，更是无微不至。我们的饮食起居都是由母亲负责的。我能记得的就是盛夏的晚上，母亲绝对不会让我们挂着汗渍睡觉。晚饭后，父亲倒在床上哼着小曲休息，母亲却忙碌着烧水，然后为我们一个一个洗澡。在我们入睡后，母亲还要做家务。每年过年是母亲最忙的时候。她的针线活极好，她缝制的衣服、鞋子做工精巧，即便如此，刁钻的我还常常不满意。每当母亲做我的衣服、鞋子时，我会守在她身旁，她也格外小心。从那时起，在母亲身边厮守的就常常是我。我会听她讲很多做人的道理，讲家里的一些事情。母亲极为传统，我或多或少地受她的影响，以至于长大后无论做人还是做事，都有她的影子。每年到了除夕晚上，母亲才会忙完针线活，不耽误孩子们大年初一穿上新衣、新鞋。看到孩子们的笑容，母亲再累都会很欣慰。

母亲是一个很优秀的女人，有自己的追求与爱好，只是阴差阳错，被家庭拖累，只能普通与平凡。母亲年轻时有一副好嗓子，喜欢唱戏，茶余饭后常常唱给街坊邻居听。她很想去学戏，戏园子老板也看中了她。但是，因为当时唱戏的人社会地位较低，外祖母怕被别人瞧不起，极力阻挠，母亲拗不过，被迫放弃，她的天赋就此被埋没。我小时候在母亲的工作单位偶尔听她唱上一段，每当别人喝彩时，我着实为她感到骄傲。平常，我很难听到母亲唱戏，后来母亲只在哄孙子的时候唱过。母亲曾做妇女主任，那时开会要到县城，每次开会都需要父亲骑车送她，后来父亲不耐烦了，母亲就放弃了。此后，她就做起了贤妻良母。

母亲谦和、宽容、大度、顺从、忍让。而父亲有大男子主义，豪放、暴躁、仗义疏财。母亲在娘家排行最小，自幼丧父，且有几天做童养媳的经历，因而有些懦弱胆小。父亲由于颇具男人气概，深受中年丧父丧子的外祖母看重。婚后的母亲对父亲百依百顺，把父亲当成她的天、家里的天，家里所有好吃、好用、好穿的，全可着父亲来。从我记事开始，家里的一日三餐，父亲不回来，是断不会开饭的，一家大小眼巴巴地等着父亲回来。这种习惯一直延续至今，父亲在家里的地位也是无人可以撼动的。

那时物资匮乏，家里的精米精面永远是父亲的家常便饭，只有最小的妹妹才可以和他共享。也许是因为过早地失去父爱的缘故，母亲把父亲完全当作她的依靠。母亲属鼠，却很怕老鼠。那时，婆婆往往会把媳妇当作外人。听母亲说，祖母一做好吃的，就会把父亲单独叫过去。逢年过节，祖母还要做两样饭，好的留给儿子，次些的留给媳妇。母亲生性怯懦胆小，从不执拗，欣然接受任何安排，这越发助长了祖母的气焰，父亲也一向忽略母亲的感受。母亲说，有一次父亲被祖母叫去吃饭，母亲一人在家，一只小老鼠蹿了出来，将家里养的小鸡咬住，一点一点拖进洞里，她蜷缩成一团不敢动，等父亲回来才缓过神来。父亲说以前他出门，不管多晚回来，母亲都不会睡觉，就坐着等着，有时会站在门外等着。这一点，我也深有体会，每一个孩子出门，母亲都会惦记得睡不着，不停地念叨着。所以，无论去哪里，我都会提前告诉母亲，以免她担心。

　　因为爱父亲，母亲对他的家人也极好。叔伯妯娌间，母亲大多时候都谦让，哪怕自己吃亏，也从不和谁计较。母亲手巧，叔伯的鞋子常常由她来做，那时候鞋底都是一针一针纳的，母亲用她那双瘦弱的手承担了太多。后来，母亲累得身体不行了，腰痛到直不起来，多方求医才略有好转。从那时起，母亲就微微驼背了。

　　母亲的谦和与忍让，有时让我看不过去。记得我小时候，姑妈家条件算是好的，却常常到我家来借生活用品。她家每次借东西，不管母亲是否用，立刻拿去。每逢此时，母亲总是默不作声，我便会对她发脾气，凭什么我们家的东西，她拿得理直气壮！母亲总是笑着说，不必计较这些。有一次，我气不过，跑到姑妈家把东西要回来，姑妈很生气，说我真不是东西。也是因为如此，从懂事开始，我就学会了庇护母亲，希望她不那么忍让、懦弱。其实现在看来，母亲的伟大就在于她的谦和与忍让，但是每当父亲欲对自己的孩子施以拳脚时，母亲就会站出来护着我们，那时我看到了她的坚定与勇敢，倍感她的伟大。父亲的脾气极为暴躁，但我从来没看到过母亲与他争吵，因为母亲的调剂，家里永远安宁、温馨。我们爱母亲，更爱她精心营造的这个家。

　　到了天寒地冻的日子，母亲会做好热腾腾的饭菜，然后站在家门前等孩子们回家。她会先打开门，把我们一个个接进屋，然后端上热腾腾的饭菜，叮嘱我们先喝一口热汤。不论天气如何冷，有母亲在家中等候，我们回到家，就像回到母亲温暖的怀抱，那浓浓的母爱让我们享受一生。从现在开始，母爱成了一种渴望，也成为我在这个世上最奢侈的回忆。

# 浅遇拾光

母亲沉静、要强、和善，给人的感觉是平和、端庄，有大家闺秀风范。她年轻时，父亲经常接济自家兄弟，使我们本来就不算宽裕的生活更捉襟见肘。母亲沉静地应对一切。后来父亲为表现自己的才干，净身出户，未拿分文，带着母亲背井离乡，从头再来。母亲义无反顾地追随着父亲。艰辛的生活让母亲更加要强。无论多么困难，她从不向双方父母提及，也从不向他人张口借钱，她会合理地安排好一家人的生活，让本来很难支撑的家，丝毫不留落魄的痕迹。

母亲是一个精致的女人，喜欢干净，做事有序，也是因为这一点，她比别人更辛劳。不管多忙，有多少事情要做，母亲出门时都会把自己收拾得干干净净。就算是褪了色的衣服，穿在母亲身上也那么好看。后来生活条件好了，她舍不得吃，却舍得买些衣物、首饰打扮自己。她洁净，也会让每个孩子保持洁净，因此，她的众多儿女也都养成了干净利落的好习惯。小时候家里很简陋，一套栗色的实木家具，铜把手都会被母亲擦得亮闪闪。母亲会把整个家收拾得干干净净，每一件衣服整整齐齐地放在衣柜里，家里的每个物件都会放在固定的位置，这样取放起来更容易。偶尔，我们没放回原处，母亲会唠唠叨叨提醒我们，她的良好习惯一直影响着我们，让我婚后料理家务也井然有序。

儿女们做事，母亲总是不放心，总要亲力亲为，久而久之，形成习惯。作为女儿，看到母亲如此操劳，我从内心希望能多帮她一点儿，她却总觉得我们做得不够好，在这一点上，她又是严格的。母亲的严格练就了我们。为母亲做事时，我们会加十分小心。每年到了春末，家里都要拆洗被褥。拆下来的被里被面，母亲都要先扫干净，再放在水里用肥皂搓洗一遍，然后重点在被头及被里打上肥皂，闷上几个小时，甚至一夜，次日再用搓板搓洗。漂洗三次后，用熬好的米汤浆洗拧干，才晾到外面。被褥半湿半干时，把它拿进来，两个人一起横拉竖抻，放在床上铺平叠好，用枕头压平，再放到外面晾干，这样才算完成洗被的全过程。我家一直如此，后来有了洗衣机，搓洗的部分由洗衣机代替，其余工序也不会减少。后来，我们偶尔到别人家去住，看到那些带有污垢的被子，会感到极其不舒服，内心愈加敬佩母亲。每年换季，母亲会把上一季的衣服一件一件用熨斗烫平，叠得方方正正，打好包存放起来，从不会让家人穿着皱巴巴的衣服见人。我们也想像母亲一样精心，但远不及她，也永远达不到她的程度。

　　母亲一生为儿女所累，不孝的儿女们磕磕绊绊的人生经历让母亲时常担心。就算她到了弥留之际，支撑她与病魔抗争的力量，我想也是对儿女们放不下的牵挂。她不忍看到自己的子女们肝肠寸断，不忍就这样撇下他们，不忍丢下那未完成的夙愿离去，她努力地支撑着，尽量不让痛苦挂在脸上，顽强地坚持着，坚信自己是压不垮的。作为儿女，我们看到母亲在病榻上挣扎，内心如刀割一般。记得母亲第一次被送进重症监护室，一扇无情的门把我们母女隔开，当时我万念俱灰。在等待的过程中，我如坐针毡，时间就像被窒息在那一刻。短短几个小时，我像过了一个世纪一样，没有合适的语言可以形容当时的感觉。探视的时间一到，我几乎是跑着奔到母亲床前，直到看到她的那一刻，我才觉得好像从地狱又回到人间。看到周围病人的状态，我后悔不该把母亲送进这里，母亲更是急切地想离开这里，

# 浅遇拾光

第二天以拒绝任何治疗的方式，争取离开这里，她需要和自己的儿女在一起。我们也在以自己的方式努力。24 小时后，我们把母亲接了出来。门一打开，我们远远地看到母亲坐在轮椅上，拼命地向她挥手，她看到了我们，笑了。我的心如针扎过一样痛，母亲在这 24 小时里所经历的，比我们所经历的更锥心刺骨。见到母亲那一刻，我们都希望这样的事情不要再发生，不管怎样，我们一定要守在母亲身边。造化弄人，现实远不会如我们所想。一个月以后，母亲病情加重，我们不得不将母亲再次送进重症病房。这次我们做好了母亲的工作，希望她能忍耐到身体恢复。母亲的病情变化牵动着全家人的心，我看到平时稳重的哥哥姐姐都沉不住气了。每次到了重症病房前，哥哥不自觉地来回走动，姐姐好多次忍不住失声痛哭，我的心就会提到嗓子眼儿。如果母亲好些了，我们就会跟着放松一些；如果母亲的病情稍有变化，我们那颗悬着的心就会超负荷运转。我们日日经历着煎熬，每个夜晚我会心痛地从梦中醒来。直到母亲做了最后一次 CT 检查，我们心里那一丝希望，在结果出来的那一刻熄灭，命运如此残酷地对待我的母亲，我跑到无人的旷野失声痛哭……

母亲用手比画着，要求只在重症病房待一天，我们明白了，母亲要回家了。我们怀着忐忑的心情把母亲接回了家。回到家，她似乎好了许多。回家后的第一天，亲戚朋友都来看她，她很开心，似乎病情也减轻了许多。从那天起，我们每天轮流伺候母亲，夜晚至少有两个儿女在她身边。也就是从这时候开始，母亲睡着的时候，会抓住我们的手，不肯放下。我们理解母亲内心的恐惧。只要守在母亲身边，我也从来不愿放开她的手。

母亲睡着的时候，我贴着她，有时会抱着她的手臂，一面体会着母爱，一面也向母亲传达我对她的爱。抱着她的手臂，会有努力抓住母爱的感觉；内心的恐惧，也在拼命抓住母亲的时候有了些许缓解。此时，我有依偎在母亲怀里的感觉，有时也会暗自流泪，不惊动母亲，也不惊动家人。我会想起很多事情，想起自己小时候的任性。有一天中午放学回来，因为一点儿小事，我和妈妈争吵起来，我一气之下，没有吃饭就冲出家门。母亲在后面拼命地叫我，让我吃了饭再走，我头也不回地走了。当时年纪小，也没多想，后来听说母亲叫同学看看我，带些吃的给我。晚上我回家，老远就看到母亲等在那里，我的心紧了一下，这才觉得自己做得太过分。母亲没有责怪我，却问我是否饿坏了，此时我早已忘记母女间的不愉快，拉着她的手，对她笑着说："真的饿坏了，这是坏脾气的孩子应得的惩罚。"母亲劝我，以后不论怎样，都不可以不吃饭就走，身体要紧。多年以后，每当想起此事，我心里总是过意不去。此时在母亲身边，看到她的样子，我心痛不已，为以前的过失感到自责。往事一幕幕浮现在眼前。我想起小时候生病的时候，母亲守护在我身边，虽然已经是30多年前的事了，但我记忆犹新。那时我10岁，有一天，母亲发现我很懒散，脸上有些浮肿，就带我去看病。父亲把我抱在怀里，母亲跟着，我看到了她焦急的神色。经检查，我得了很重的肾病。那时的医疗条件并不好，住院期间我开始尿血，大量的抗生素，还有那难喝得要死的苦药汤，成了我每天服的苦役。母亲在医院陪了我一个月，用尽了各种方法，把我从死亡边缘拉了回来。可是无论怎么检查，我身体的各项指数都不正常，病情随时有复发的可能。因为患病期间不能食用盐，我全身无力，大量抗生素使我的听力下降，我只能辍学在家养病。

我出院后，母亲没有放弃对我的治疗，四处奔走，找来各种中医药方。亲戚说，芦台有一个老中医也许可以治好我的病，母亲便带我去看。记得那时正是盛夏，母亲拿回了药，那药看起来是多种树叶配制而成的，需加上几颗黑豆、黄豆，还有一勺白糖、红糖熬制。母亲细致地做好每一环节，一切准备停当，她遵医嘱，用酒精擦了我的全身，然后让我把药服下。整整三天三夜，我都在出汗，母亲守护了我三天三夜，定时给我喂水。三天过后，我周身轻松了许多，母亲却眼窝深陷了。母亲又劝我服下最后一服苦得不能再苦的药，整个疗程算是结束了。经过几番治疗，我身体的各项指标奇迹般地好转。经过一个暑假的调理，开学时我竟和孩子们一起走进了学校。母亲的执着，给了我一个崭新的健康身体。从那次大病后，母亲格外关注我，不让我着凉、受累和生气。如今母亲病魔缠身，只要能为她做的，我就会尽量去做。我希望通过自己的努力，也能换回一个健康的母亲。

我拖累母亲有半年的时间，其实真正拖累她的还有我的哥哥。哥哥因为受了些刺激，18岁时精神上就有了问题，母亲带他去全国各地医治。记得那年母亲离开我们整整半年的时间，带哥哥在沧州治病。可是他们每次回来，哥哥的病情只是得到了缓解，并没有根治。哥哥每年至少要到天津住院两次，就这样持续了很多年。不住院的时候，哥哥的药也不能断。因为精神不正常，哥哥常常拒绝吃药，有时还谩骂母亲。我们很难忍受他这样对待母亲，但是母亲总是劝我们，他是病人，不要和他计较。在母亲的细心照顾下，哥哥的病情趋于稳定，他到了娶妻成家的年龄，可是他的病情令家人担忧。母亲多方权衡，还是张罗着为哥哥娶了妻，嫂嫂也并不灵通，母亲由照顾一人变成照顾两人。后来嫂嫂生下两个女孩，母亲的负担更重了。偏偏此时哥哥病情复发，嫂子撇下患病的丈夫，还有一个 5 岁、一个 1 岁的女孩，给母亲甩下了永久的包袱。正是这个沉重的包袱，拖累了母亲 20 多年，直到弥留之际，她也难以放下。她希望在她有生之年多照顾一下有病的儿子，看到孙女找到一个好的归宿。母亲说过，不愿把自己的不幸和负担再转嫁给子孙们。

母亲是平凡的，又是崇高的，将自己的一生奉献给了子女。儿女们感受着崇高的母爱，也回馈着对母亲的爱。

母亲无私地为孩子付出着，不求回报。因为家里孩子多，母亲从来舍不得把好吃的东西放进嘴里，每次让来让去，孩子们不肯吃，母亲更舍不得吃，最终都是爸爸因为不耐烦，放进自己嘴里。因为这样，我常常替母亲生气，她为什么就不肯吃，还有点儿恨父亲，觉得他自私。母亲一生节俭，形成习惯。后来，孩子们大了，生活条件好了，每逢节假日，孩子们买来好吃的，母亲还是不舍得吃，哪个儿女没在身边，她都会惦记着，给留着，唯独忽略自己。我们知道母亲的毛病，总是亲自把吃的拿到母亲面前，看着她吃下才放心。母亲付出得太多了，我们回馈母亲的太少了。以前母亲从不提自己的生日，好多年，我们很难知道。有一次，母亲无意间说漏了嘴，我们便要给她过生日，她很坚定地拒绝了。我们知道母亲的倔强，便依着母亲，每年母亲节和她的生日，我们都会不着痕迹地送些礼物，带她到外面走走，母亲很开心。前年母亲节，我们姐妹带母亲逛商场，母亲看到别人羡慕的表情，幸福地笑着，做儿女的，此时更由衷感到欣慰。还记得今年母亲节，一早我跑到花店为母亲买来一束花，母亲一边埋怨我乱花钱，一边将花捧在手里，我帮母亲拍下了她在这世上的最后一张照片。后来，我翻出来看，其实母亲那时候已经不像以前那么神采奕奕了。母亲走后，我把去年父亲过生日的录像找了出来，因为那里有母亲，偏赶上电脑出了故障，急得我出了一身汗。难道老天这样对我，就连母亲留给我的最后的影像也要夺走？还好虚惊一场，我赶紧拷出来转移到别处，影像流畅地播放，我落泪了，怀着对母亲依依不舍的爱，翻来覆去地看着……

2012年11月9日，又将迎来一个周末，这个周末意味着什么？我又可以全身心地陪着母亲了。夜晚来临，我骑单车去往母亲家。路上，我望着点点星光，内心突然有一种预感：母亲快不行了。连日来，母亲不能进食，也不能喝水了，我触摸她的身体时，感到她的肌肉开始僵硬。我意识到母亲留给我们的时间不多了，心里不由得一阵剧痛，眼泪止不住地滑落下来：母亲，今生我们的缘分就要结束了，为什么？我恨不能一下子把母亲抓在手里。到了家里，我看到母亲，她依然是安静的。晚上10点左右，母亲睁开眼不停地向上看，我们尽量凑得近些。我以为母亲一定感觉饿或渴了，但是又不能给她吃的喝的，因为医生说此时一口水就有可能危及她的生命。我内心充满了矛盾，多么希望她能像正常人一样吃喝。我趴在母亲耳边，对她说："不能给您水了。"母亲摇摇头，示意不喝，我的眼泪掉下来了，看着自己最亲近的人挣扎在生死边缘，这简直是世上最残酷的刑罚。母亲累了，把眼睛闭上，用食指做了"一"的手势，我们互相望着，不能理解母亲的用意。人渐渐散去，留下我们姊妹二人。妹妹单薄瘦弱，再加上工作了一天，很快睡了，我不敢睡，也不敢倒下，生怕一不小心也睡着。呼吸机还在工作，氧气瓶内的氧不多了，这是母亲唯一的食粮，我生怕自己疏忽。我坐在那里，注视着母亲，隔几分钟用血氧仪测一下。母亲的心跳是很快的，连日来一直如此，但上下浮动不大，算是平稳。时间一分一秒过着，我忍着瞌睡，努力把眼睛睁大。一直到4点半，我开始更换氧气瓶。更换的流程，我已经熟悉，现在母亲需要的是迅速，因为片刻的耽搁都可能危及她的生命，一切顺利。4点50分，父亲醒了，从外屋进来，看到疲惫的我，劝我睡下。我真的很困很乏，一夜没睡了，还是睡会儿吧。我刚刚睡下，母亲便闯进了我的梦，母亲说若给她口水，她就没事了。我激灵一下，从梦里惊醒，发现母亲眼睛圆睁，我意识到她的大限到了。父亲也意识到了，赶紧叫醒妹妹，开始通知家人。我叫着母亲，开始为她进行最后的沐浴。哥哥姐姐都在最短的时间内赶来。我来不及悲痛，知道此时还有很多事情要做，首先要帮母亲洗浴更衣，哥哥提醒我拔掉母亲身上的尿管。我努力着，母亲也配合着，还算顺利。我们帮母亲穿好衣服，完成这一步，我长吁一口气。母亲一生洁净、讲究，我要让母亲穿戴整齐，有尊严地离开。我已经快听不到母亲的呼吸了，母亲也在努力等着，一切停当，我把呼吸机摘下，告诉母亲，要给她洗脸了。我在母亲耳边，做了最后的告别："妈妈，您得的是不治之症，儿女们已经尽力，爸爸和哥哥由我们照顾，您就放心地去吧，不要牵挂任何人，记得一定要照顾好自己。"时间定格在2012年11月10日早晨7点30分，母亲睡了，安详地睡了。天公阴下脸来，大地开始哀号，一声声呼唤、一行行热泪在压抑很久后迸发……

　　母亲唯一的嗜好就是吸烟，正是这唯一的嗜好，断送了她的健康。母亲说她肚子里有个大烟虫，不吸烟就受不了。母亲的烟龄很长，11岁开始，她看到烟叶就馋，便偷偷地吃烟叶。外祖母发现后，怕她吃出问题，就开始让她卷烟抽。到了13岁，母亲觉得吸烟不好看，就开始戒烟。结果，戒烟后，她肚子疼得在床上打滚，没办法，就又抽起烟来，一抽就是60年。母亲还有哮喘病家族史。两年前，母亲唯一的姐姐去世，对她打击很大，她一直情绪低落。2011年春节前夕，母亲突然喘得严重，住院后查出患有"慢阻肺"，伴有肺部感染，直接诱因便是吸烟。农历腊月廿八，因为要过年了，母亲略有好转便出院了。母亲出院后，我们劝她把烟戒掉，可她坚信病情和吸烟无关，不肯放弃这唯一的嗜好。入春后，母亲的哮喘愈来愈严重，只能靠药物勉强控制。她依旧吸烟，我多次让她戒掉，她不肯应允，我打趣道："妈妈生命不熄，吸烟不止。"不幸被我言中，到了8月中旬，母亲再次住院，这次病情更加严重，慢阻肺转肺心病。这下母亲意识到她的身体真的不行了，决定不再吸烟，但已经晚矣。最后一次住院时，母亲右肺坏死，左肺积水，肺门占位性病变，由呼吸衰竭引发心衰，最终告别人世。烟，成了断送母亲生命的第一杀手。

母亲走了，带着她今生未完成的夙愿走了，带着她对儿女们的不了情走了，带着儿女们对她无尽的思念走了，带着儿女们对她报答不完的恩情走了……天公为她哭泣，不孝的儿女为她哭泣，亲戚朋友为她哭泣。母亲走的那天是公历2012年11月10日，下了整整一天雨，淋湿了所有哀怨的花朵，打湿了所有人的心；第二天刮了好大的风，风把那些哀怨的花吹落，满地飘飞的花瓣在为她的灵魂哭泣；第三天阳光明媚，长长的车队缓缓地为她送行。在告别仪式上，我最后一次看到母亲，她安详地躺在那里，再也没有痛苦，再也没有牵绊，再也听不到儿女们那声嘶力竭的呼唤。母亲走了，真的走了，走得如此匆匆。

一个朋友说："母亲走了，其实也没走，只是藏在你的身体里了。她生你的时候，就把自己的生命藏在你的身体里一部分；她走了，只是消失了一部分不主要的生命，而主要的是部分在你的身体里延续……"我顿悟，难怪一直觉得母亲还在，母亲的灵魂确实还在，她真真切切地藏在我的灵魂里。

从母亲离开那天起，我就开始起草祭文，原以为写自己最亲近的人会很容易，真正做起来，才觉得好难，要写的东西太多太多，千头万绪转化成文字，那种难言的深情却在自己的笔下变得如此苍白。写不尽的思念，书不完的恩情，我恨自己如此贫瘠，怎么也写不出那感天动地的话语。经历了不堪回首的别离，我只想平静地回忆母亲，理性地看待母亲的一生，不想写得撕心裂肺，更希望娓娓道来，这符合母亲天性的宁静与平和。她和世上所有的母亲一样，平凡且伟大，又多了几分精致、智慧与谦逊。我会以自己的方式，写自己眼里的母亲，还原一个真实的母亲。我给自己定了一个标准：可能写得不够感人，但要平实真切；不可写得太过精练，哪怕冗长，哪怕只有自己这一个读者，我也要细细地讲述母亲；不需要壮阔，但一定要流淌着母爱涓涓的小溪。临近"五七"，昨天清晨我用了近三个小时的时间，才写到八千多字，反复揣摩，还有很多不太满意的地方。还有三天时间，我要赶在"五七"前完成，今早重新细读，做了一些调整，虽不是很满意，但还是以这篇万字祭文告慰母亲在天之灵。我还有时间，也许在以后的日子里，我会对这篇文章做新的调整，也许一年、两年，也许更长。母爱有多长，我的思念与纪念就有多绵长，母亲的灵魂与我共生，我愿用以后的人生续写母亲生命延续的乐章。

因为有了母亲，这个世界才充满了温暖。

因为有了母亲，人间才多了一份真情。

因为有了母亲，生活里才多了一份牵挂。

因为有了母亲，我们才成为世上最幸福的人。

母亲走了，这个世上最爱我的人走了……

也许这个世上再也没有一个人会像母亲一样爱我，我也不会在某一个人身上再次体会到那难得的母爱。但这爱，从我记事开始，一直延续到我长大成人，为人妻，为人母。母爱伴随了我多年，快要失去它的时候，我内心恐惧，甚至难以想象，没了母爱，我是否还能存活？当这成为现实的时候，我难以置信，甚至欺骗自己，这不是真实的，我在煎熬中度过每一天。从母亲离开那天起，每个漫漫长夜，我想的都是生前的母亲，常常在梦中与她相见，醒来时珠泪打湿枕巾。我在寂静的夜里啜泣：妈妈，回来吧，今生我最爱的人，今生最爱我的人，您为什么这么匆匆离去……

母亲的灵魂真的还在吗，真的已经在我的身体里了吗？这样我便有了活下去的理由……

不管怎样，我又多了一些该做的事情。我开始关注一个地方，那就是住着母亲的天堂；我开始每天祷告，为天堂里的母亲祈祷；我开始爱惜自己的身体，因为母亲已经住进我的灵魂里。

谨以此文，寄托哀思，告慰母亲在天之灵。母亲，我爱您！愿您在天堂安息，一切安好！

# 父爱如山

母亲走的那一刻，我是悲伤的，但看到父亲，我不得不变得坚毅，因为我还有父亲。父亲倒下的那一刻，我心里的山崩塌了，那种无助，没有文字可以表达。

母亲走了，我可以用文字记录自己每时每刻的感受。而父亲走后，我连用文字记录的力气都没有了。我常常彻夜难眠，反反复复想着父亲生病的前前后后。父亲看起来病得不是很严重，等到严重时却已无法挽回。我常常想，可能是父亲太过坚强，不愿意把真实的状况在儿女面前袒露，否则不会病来如山倒。

父亲的身体一向很好。已过八旬的他，总是神采奕奕，每次到医院看病，都会穿得体体面面，总不忘记戴上礼帽。忍受着病痛的时候，父亲也总是轻描淡写。直到他最后一次住院，我发现他已很难站起来，可是每次他还是尽量自己站起来。我们的帮助对他来说，甚至是一种羞辱。就算那一刻，我也从没想到父亲会离开我们，因为那时的他还是那样坚强。

现在想来，父亲是怕我们担心。他常常说拖累了我们，他哪里知道，我们情愿被他"拖累"一辈子。住院期间，父亲说了许多话，安排了许多事情，每一件事情都和他的儿女有关。

那时候我们没有深想，以为父亲只是和我们聊聊家常而已。现在看来并不那么简单，当时父亲可能已经意识到他的身体不行了，粗心的我们却没有发觉。直到他临终前三天不能说话时，我们才有所觉察，但是我们还天真地以为，他的意识不清醒应该是暂时的，是药物的作用。直到父亲静静地离去，望着他那安详的样子，我内心的支柱坍塌了。

父亲走了。在母亲离开我们不久，父亲又离开了我们。好多天，我不敢面对这一事实。回望家的每一处，父亲的音容、身影还在。我常常在梦里看见父亲从病中苏醒，我欣喜地拉住他的手，醒来后泣不成声。父亲走后，我不太喜欢说话，也不太喜欢做事，甚至不知道什么是悲伤。直到有天午夜时分，难眠的我在卧室里忽然失声痛哭，再也压抑不住悲伤。儿子被我惊到，默默地守候在我身边，安慰着我。我哭了好长时间，劝儿子睡觉。那一夜，我几乎没睡，因为白天里，我在父亲离开之后第一次回家。我好怕回家，家里没了妈妈的知心，如今也没了爸爸的关爱！

从父亲离开的那一刻起，我的文字变得苍白无力，此时泪流满面，我没有再写下去的勇气……父亲，一路走好，记得帮我们照顾好母亲，希望你们相扶相携，相互照顾，儿女们会在人间祝福你们二老。如果有来生，再续父女情！

# 老师最美的那一刻

如果我没有亲临现场，断不能相信，一个千人会场，她却宛如掌控一个大摇篮，在场的人都心甘情愿地做她臂弯里的婴儿，聆听她发自内心的悠扬歌声……

女人最美的时刻，也许你会想到她身披婚纱的那一刻，也许你还会想到许多光彩照人的女明星走上星光大道的那一刻，可这些与那一刻相比，都黯然失色……

我有幸参加了一个小学音乐课改展示会，认识了一位优秀的小学音乐教师——她不是用她的年轻，不是用她的美丽，而是用她的成熟，用她的韵味，用她的慈爱，用她迷人的表情，用她发自心灵的悠扬歌声，用她女性特有的柔美，征服了在场的每一位观者。

活动在舒伯特悠扬的《摇篮曲》中开始，在场的人静静地欣赏这位艺术大师的杰作，一种温馨的感觉包围了原本严肃的课堂。一位卷发披肩的文雅老师，正在学生面前随着音乐的旋律，用自己的肢体语言把对曲子的理解传达给学生……

又是一曲，德国作曲家勃拉姆斯的《摇篮曲》，美妙的旋律让在场的人沉醉其中。一切都那么自然，老师真情流露，学生也用自己的语言来描述心理感受。课堂平和、恬静、优美，让人流连忘返……

"无论哪个地域的孩子，都是听着妈妈的摇篮曲长大的，下面我为同学们介绍的是我国东北地区的一首摇篮曲，老师唱给你们听。"

乐曲声起，朱唇微启，眼眸凝望。没有人会注意她是否年轻，是否漂亮，刹那间，整个礼堂鸦雀无声，千余束目光汇聚在一起。"月儿明，风儿静，树叶遮窗棂啊，蛐蛐儿叫铮铮，好比那琴弦儿声啊，琴声儿轻，调儿动听，摇篮轻摆动啊，娘的宝宝，闭上眼睛，睡了那个睡在梦中……"神色优雅，动作舒缓，那眼神，那专注，不知不觉地将人带进她的世界。那声音与旋律撞击，让原本成熟的心灵心甘情愿地变得幼稚、单纯。母亲怀抱婴儿，用慈爱的目光注视着小生命，脸上的爱怜，心中的渴望，无限的期待……这场景展现在所有人面前。年轻不算什么，由内而外散发出的魅力，顷刻之间迸发，无人可以抵御。我环视一圈，女士眼里闪烁着晶莹的泪水，男士的眸子里散发出少有的温柔，我在心中感叹：哇！太美了！我看到了作为教师的女人最美的一刻。

柔美的歌声结束，热烈的掌声久久地持续，那份感动温暖着每个人的心……

好可惜，那一幕是在我们还没有独立思想、没有形成审美的时候经常出现的情景；好幸运，那一幕，在我做了妈妈近20年后得以重温。我当时的感触是，假如我是一个男子，那一刻，任何美丽的女子在我眼里都相形见绌，她才是我心中最美的……

# 邂逅汉渔之子王雅鸣

第一次近距离见他，应追溯到多年前。1998 年，汉沽报社做我单位活动的专题报道。作为栏目编辑的王雅鸣老师到我单位实地调研。当时我在汉沽第三幼儿园刚刚担任教学管理工作，有幸协助报社撰写活动稿件。这对于没饱读诗书的我来说，多少是个挑战。当时我可是翻遍了唐诗宋词才拟出标题，尽可能写到最好，就怕丢脸。正是因为工作接触，我和雅鸣老师第一次碰面。我只知道他是报社编辑。虽然是首次见面，但我对雅鸣老师也有一些了解，经常在报刊上见到他的名字。

还记得第一次见他时的样子，用现在的话说，我就像一个"小迷妹"，他的才华令我敬仰，等见到他本人，又被他帅气的外表和那文人独具的气质吸引。当时只是简单地问候了一下，我便站在一旁静静地看着他和单位领导寒暄。所幸当时我的初稿被王老师认可，当然见报时有了些许修改，我还是有小小的窃喜。

我与他再次邂逅则是在 24 年后。清明节前夕，单位所在的社区与我们开展共建活动，邀请王老师深入辖区基层单位，开展传统文化教育活动。社区主任一行四人来到办公室，介绍讲课老师："今天我们有幸请来了滨海新区文联副主席王雅鸣老师，来给我们小朋友讲讲清明节的来历。"我惊讶地发现，原来是王老师啊！我有些兴奋，伸出双手，真的没有看出来啊，因为都戴着口罩。王老师主动摘下口罩，似乎让我确认一下。不得不承认，岁月在王老师脸上留下了痕迹，但他那双眼睛如20多年前一样和蔼、有神、坚定、充满智慧。王老师已退休，但依然在为宣传传统文化而努力。后来我要了他的联系方式，我们加了微信好友。当时我怕他拒绝，便说出缘由：想多欣赏一下王老师的作品，我一直觉得他一定在做些什么。王老师欣然同意。其实我并不敢多打扰他。

也许是因为心中充满敬仰，单位的此次活动我全程参与。从事教育行业30多年的我，在和孩子们共同听课的过程中发现，我们在给孩子们讲授传统文化时显而易见的局限性。当王老师生动地讲述清明节的来历时，我才发觉有些历史文化完全可以更系统地介绍给孩子们；看到孩子们踊跃发言的时候，我觉得王老师此行，不仅是让孩子们受益，而且给老师和管理者带来更深层次的思考：如何挖掘更多有价值的传统文化，在适当的时候，用孩子们能够接受的方式，传授给孩子们？

活动结束，我陷入沉思，他能在百忙中抽出时间，走到孩子们中间，这给我带来的震撼不小。他是什么样的人？他都在做什么？这让我很好奇。于是，带着这份好奇，我去他的朋友圈探寻。

不看不知道，我又他的朋友圈的内容震撼。原来他一刻也没有停下脚步，一直坚持采风和创作，他的团队搜集了汉沽各行各业古往今来的名人逸事，创作了人物形象鲜活的滨海人物志。读后，我顿生自豪感，原来汉沽人才辈出。我感慨，难道王老师不应该成为其中的一员吗？他用脚步丈量汉沽的每寸土地，用文字记录汉沽从古至今的杰出人物。

王老师从事文学创作 30 多年，已成为滨海新区文学创作的领军人物，是他叫响了"黑海滩"这个地方特色鲜明的名字，他的写作风格独树一帜。他倡导的"黑海滩"文学，以及"黑海滩"系列小说，在文学界引起了不小的反响。他一直在坚持创作，用他的一篇文章的题目来形容正合适——"循着那道光前行"，他一直在前行，不知疲倦地在路上。

小区中央活动区增加了许多乡俗文化元素，我惊喜地发现这些竟都出自王老师的团队之手。在这里，我看到了王老师的影子，以及他一直追寻的文化。我慨叹，他本不属于这片土地，这里却真正成为他热爱的家。想起最近他去江南，看到江南美景，他说自然又想起了他心心念念的滩涂，我觉得应该送他一个"绰号"——汉渔之子，以回馈他对于汉沽盐渔文化的贡献。

# 短暂的相遇，永恒的记忆

在众多老师中，周老师应该是和我相处时间最短，但给我留下的印象极深的一个。我们只见过一面，那是在十多年前，我即将大学毕业、撰写毕业论文的阶段。班主任宣布了论文指导老师，我的毕业论文指导老师的名字，我似曾相识，他就是周婴戈老师。

初见到他时，我有些意外，因为我见过的老师都相貌平平，戴一副眼镜。见到他，我方知一个文人由内到外的一种超凡脱俗，他很文雅，且有学者风度，反正给我的印象极好。他不是很善谈，但极为认真。对于如何收集素材，如何列提纲，如何确定论点，如何找出充分的论据，以及论文的写作格式，等等，他都做了详细的辅导。分别时，他留下了通信地址，要求我在春节前将论文寄到他所在的单位。

如期将毕业论文寄出后的第三天，我便收到了周老师的回信。打开信，首先映入眼帘的是："春节到来之际读此大作甚喜，文章功底不错，适当改动，即可定稿。"我心里自是一番欣喜。打开论文原稿，只见多处有红笔的圈圈点点，小到一个标点符号，大到副标题和段落的整合。看到这些，我对周老师更生敬意，觉得自己有这样认真而有才华的指导老师，真是一件幸事。我按照周老师的建议，对文章进行了全面细致的修改和调整，集中精力，用很短的时间完成。我在第二稿上附上文字："经先生指点，茅塞顿开，非常感谢！寄去第二稿，请先生指点。"此时已近大年，可周老师还是很认真地修改后将稿子寄回，并要求我定稿。至此，周老师对我的毕业论文指导结束了。从此，我就再也没有和周老师联系。仅此一面之缘，两封书信的交往，让我感受到了周老师那敬业的精神，以及一个教师对一个素昧平生的学生认真的态度。

不知过了多久，有一天拿起报纸，我在文苑栏看到了周婴戈老师的名字，那篇文章是《远行的妻》。我迫不及待地读了起来，质朴、细腻的文字深深吸引了我，我被文字里蕴含的情感感动，瞬间有一种冲动——给报社打个电话，询问他的联系方式，问一问他的近况。可是又觉得自己好笑，老师的学生很多，他不一定会记起有我这样一个学生。我收起这种念头，但真的有好几天一直把这事挂怀，心里一直默默地希望周老师的妻子并没有远去，希望他过得幸福。

虽然我和周老师只见过一面，但他给我留下了终生难忘的印象。那短暂的接触，让我感受到了一个教师的无私奉献，以及一个文人的平凡务实。短暂的相遇，留下深刻的记忆。周老师，您是我心里最令人敬佩的老师！

浅遇拾光

# 静静飘去的师魂

20 年前的今天，也是一个初冬，一个寒冷的日子，一个人的灵魂静静地飘去。陪伴她一起走的，有她新婚不久的丈夫，还有刚刚孕育的一个小生命。

小景老师去了，带着家人的眷恋，带着全校师生对她的喜爱，在一片低泣、惋惜声中走了，那么突然，那么无声无息……

小景老师是我在师范学校的第二任班主任。刚刚大学毕业的她，比我们年长不了几岁，加之身材娇小，一脸孩子气，越发像我们的同龄人。担任班主任以前，她是我们的儿童舞兼形体教师，外表极讨人喜欢，身材比例很好。最让人难忘的是她的笑容。她喜欢扎一个马尾，在辫根和辫梢的中段拦腰束上，活泼俏皮。加之她性格随和，师生们都亲热地称她小景。

记得她第一次上课，我的座位离讲台很近。也许是因为她刚毕业不久，学生看起来跟她年龄相仿，她显得有些拘谨。我又是一个极其专注的学生，从上课开始就目不转睛地盯着她，脸上洋溢着笑容。我们的目光突然相遇，可能是我过于火热的眼神"电"到了她，她竟不好意思地和我对着笑起来，好像在低语："干吗？瞅我笑。"我越发喜欢她了。

她是一个地道的天津人，说一口流利的带有天津地域特色的普通话。我名字最末一个字，小景老师每次叫起来都有些困难，她常把 r 读作 y。每次叫到我的名字，她都会不好意思地笑笑，那时我从心里喜欢这位老师，就连她的小缺点，我都觉得好玩不已。

我们班本来就很活跃，加之她的加盟，更是聚焦了全校的目光。市里大中院校集体舞比赛，我们全班出动，代表学校参赛。每逢大型活动，我们班更是花样百出。当时 82 级 4 班是一个令人骄傲的名字。

与她相处的时间，匆匆过去，转眼就到了毕业的时候。我们班周密部署，用班费为全体同学买了通讯录。由于我写得一手娟秀的毛笔字，于是，首页的班级标志及班级宣言由我完成。我做得很精细，慢工出细活，小景老师会凑到我身边打趣道："才女，怎么样？加油啊！"

毕业会如期举行，每个人都依依不舍，小景老师眼含热泪地为每个学生写上临别赠言。到了挥手告别的日子，我们在宿舍里，谁也不愿意第一个离去。小景老师来了，说："我来看看你们，时间不早了，快快整理，注意把东西拿好，路上一定要小心。"她还询问我们怎样走，有没有同学同路。我们告别了学校，告别了老师。

离校的第一年元旦，我寄去一封信和一张新年贺卡，不久就收到了小景老师回赠的贺卡，还有一封厚厚的信。信里有她对我们共同相处的时光的回忆，还有她对自己的近况的介绍，也诉说了她在工作中与同事相处的一些烦恼。她还分析了我们性格的共同点，叮嘱我在以后的工作中要注意的事情。我很精心地将她的信收藏起来。我为有这样一个知己老师而感到欣慰。

第二年元旦，我只寄去了贺卡，也收到她回赠的贺卡。我从同学那里听说，她在学校很出色，领导很器重他，还听说她与学校里一个很有才华的美术老师结婚了。金童玉女的结合，赢得了众人的祝福。就连我们这些已经毕业的学生，都为她高兴。

那个冬季悄悄地来了，当时唯一的取暖设备就是烧蜂窝煤的火炉。一个潮湿、气压偏低的夜晚，这对年轻、有才华的夫妻，以及妻子腹中刚刚孕育的小生命，入睡后就再也没有醒来，没有人觉察，没有人预料到。家人没有他们的消息，学校没有见到他们的踪影。过了三天，人们才发现煤气夺取了他们年轻的生命。他们带着人们的爱，带着他们刚刚起步的生活，就这样悄悄地离去了。

第三年元旦，我的贺卡已经无处可寄，我含泪给远在天堂的小景老师写下："祝福你，在那里，有你的爱人做伴，天堂里的你也一样美，一样笑得灿烂……"

# 老师，我爱您！

　　很意外，我高考落榜了，这对于向来名列前茅的我来说，打击不小。其实也不是很奇怪的事情，20世纪80年代初期的高考录取比例，给每个学生都带来了极大的挑战。于是，我选择了工作，在一家纺织厂做挡车工，从此也不再愿意回母校，也不愿意见老师。

　　我读高中时的班主任于老师，年龄在40岁左右，右脚有些跛，头发很稀疏，直观看，很难判断出他的年龄。他的面容带着学究气，很和善。

　　冲刺高考阶段，我们住在学校里，当时于老师也住学校宿舍，于是我们有了更多的接触机会。虽然当时学校的住宿条件很简陋，但由于老师的悉心安排与呵护，我们感受到了家一般的温暖。于老师每天很早就起来了，关注我们的各科成绩，询问我们的休息状况，叮嘱我们注意身体，晚上关好门窗，就这样，直到考试前一周我们离开学校。

　　刚离校的日子里，我偶尔会在街上碰到于老师，他总是鼓励我明年再参加高考，我都是没什么信心地说不准备参加了。虽然我离校了，但是于老师对我还是格外关注。他碰到我的同学或家人，还是会不厌其烦地让他们转告我，不要把学习丢了，哪怕自学，明年也一定要再试试，希望他们劝说我。可我从没有把这些放在心上。就这样，时间悄悄地流逝。

次年高考前两个月，我与车间主任有一次不愉快的谈话，使我想起于老师的话，于是我毅然决定离开工作单位，再尝试一次。那时离高考仅有两个月的时间，而我已中断学习近十个月。当时我并没有考虑更多，只是一头扎进书本里。当于老师知道我准备高考，他一次次把应届生的练习卷送到我手里，我用了两个月的时间恶补，终于在第二次高考中考入了市里的师范学校。接到通知书后时间很仓促，体检后马上报道，我甚至没来得及回学校跟老师打声招呼，便迈进了师范学校的大门。后来听说当时于老师回了老家，没在学校里。又过了一段时间，听说于老师调离了我的母校，就这样，我们失去联系好多年。

我工作后有一天，我们意外地相遇了。我到区教育学会交论文，走进办公室，于老师正端坐在里面，师生见面格外亲切。后来，我的论文在市里获奖，于老师高兴得合不拢嘴："这是我的学生。"看到老师的笑容，我在心里默默地说：老师，您的学生能取得这一点成绩，要归功于有您这样一位语文老师。我好想说，老师，谢谢您！天性不爱表达的我，这句话始终没有说出口，现在想起来真是遗憾。虽然我没有说出口，但老师始终把我当成他最好的学生。在我心里，他也是我一生中遇到的最好的老师。我要在这里大声地喊出："老师，我爱您！"如今20年又过去了，老师早已远去，小小的遗憾变成终生的遗憾，感恩要趁早，莫错过时机。

# 水润玫瑰，花香弥漫

11 颗还在含苞阶段就已被烘焙的玫瑰花，被放到杯子里，用沸水缓缓地沏上，闭上眼嗅一嗅，花的清香便幽幽地散发出来。自然界的植物就是这样令人羡慕，当它充满生机的时候，往往被很多人推崇，就像玫瑰，即便是烘焙后也保持着本色，经水润泽后，还会散发余香……我嗅着花香，细细地品味"予人玫瑰，手留余香"的寓意。

记得我做教师的时候，对观摩展示课多多少少地有些抵触心理，可是在一线从教的十几年生涯中，也正是因为不知多少次参加这样的活动，在每次准备的过程中，与同行切磋的过程中，我才迅速地成长起来。常想起和我一起参加公开课展示的张老师，每次准备时她一丝不苟的态度，都让我望尘莫及。也正是迫于和她共同讲课的压力，我由很随意变得越发认真起来。正是因为有了这样的朋友、同事，我才体验了成长中不可忽略的"与他人为伴，相见相长"的道理。

那时领导可能是因为放心，给了我很大的空间，从没有人对我指指点点。遇到问题，我会主动地问问周围的朋友，我坚信，三人行，必有我师。我听取周围同事的意见和建议，不断改进。

真遇到过不去的坎时，好希望有人指点一二，扶持一把。

后来我做了教学园长，十几年的一线教学经验，给了我更多的积淀。起初，我常常以为自己明白的，老师们就该明白，遇到老师们不懂时，我就觉得有些不可思议。渐渐地，在与老师们的接触中，我理解了差异的存在，开始理解老师们的各种想法，不同的教育理念下不同的教育行为的形成。我学会了用欣赏的眼光看待老师们成长过程中的每次经历，也开始希望自己做一个予人玫瑰的人。

当他们徘徊于问题之间，我愿倾甘露润心田，点亮他们智慧的光束，帮助他们驱除困惑，走进阳光。小到一字一词细细推敲，大到课程目标的把握与前瞻，在与他们平等和谐的交流沟通中，我走近了他们，了解了他们真实的感悟与想法。我学会了站在他们的角度看问题，看到了他们的智慧，看到我们在碰撞中擦出的火花。点拨，启迪，一次次真诚建议，我看到了他们信任的目光，予人玫瑰，手留余香。

呷一口玫瑰茶，咂出满口清香。即便身边的玫瑰开始枯萎，我也要做一壶热水，润泽玫瑰，浸出花香。

# 泳池惊魂

因为我生性怕水，学会游泳对我来说就成了可望而不可即的事情。上一次到泳池游泳已经是两三年前的事了，一回忆起来，还是很害怕。那次赴朋友之约，去泳池游泳，我的水平仅限于头扎到水里，不会换气，然后头一抬，脚便落地。二三十年了，这水平就没提高过。朋友因为水性好，带我到了深水区，最浅的地方也到颈部。我小心翼翼地靠近池边游，不知怎么了，准备抬头、脚落地时发现，脚悬空，头也没露出水面，心里一急，手忙脚乱，险些溺水。还好朋友一把将我捞起。从那以后，我对水更害怕了。

暑假来了，群里的姐妹们晒出在泳池嬉戏的照片，我心血来潮，也想加入。于是，打听好时间，准备好装备，我加入了姐妹们游泳的队伍。

天气大好，怕晒伤皮肤，我就找防晒霜，无意间看到一条红绳上系着一个小铃铛，我觉得应该带点儿红色饰物，讨个吉利，于是将它戴在手腕上。就当为怕水的我找个心理寄托吧。

姐妹们全是旱鸭子，所以只能赖在浅水区，做憋气、漂浮练习。有了上次的教训，我下水后格外谨慎，都是在同行的姐妹关照下，头扎进水里漂浮，做简单的滑行。

　　泳池的人越来越多，看到一些孩子在教练的指导下能来回打水，游来游去，我也忍不住叫李老师保护我，想试着游游。李老师站在一两米处等我，我慢慢地游过去，想浮出水面。可是以前发生的事情重演了，我不仅没有站住，还感觉整个头一直向水底扎去，水下如无底的深渊。我心里一惊，这池子明明只有1.2米，怎么突然变得这么深，此时我眼前，水在极速升腾，而我的身体一直下落，却看到水底一直向下延伸。我明白，怕是这次就这样沉下去了。我努力挣扎，脚下一趔趄，身体失去了平衡，眼前一片汪洋，幸好一直屏住呼吸，我想李老师肯定不知我不能上来。就在我挣扎之际，李老师已经在扶我了，我前后趔趄了几回，终于站稳。此时的我如同在生死边缘走了一遭，惊魂未定。这次比上次更加可怕，我站在水里，那种恐惧的感觉愈加强烈。

　　我迫切想逃离现场，因为太恐惧了，忍不住把感受说出来。我第一次感觉到溺水是一种什么样的感觉，虽然清醒，却似混沌，并不可怕，但似穿越的感觉，甚至有些沉醉其中。

　　当我期待远离恐惧，又一双善良的眼睛给了我希望。她走近我说："来，我教你，不要着急，先练憋气漂浮，然后收腿站立，同时手臂收回打水。"她把动作要领教给我。她说学会这个动作，就能救自己。我按照她教的练习，发现站起来是那么容易。她安慰我，别害怕，要整个身体放松，收紧腹部和膝盖，脚夹紧，手臂紧贴耳朵。我得到真传，事半功倍，一下子进步一大块，胆子也大了起来。我做给她看，她也示范给我看。得到她的认可，我接下来学着用脚打水，也能顺利地前行了。虽然戴着游泳镜，可是我潜到水里几乎没有睁眼，旁边的姐妹说我因为闭着眼，才会眩晕，睁开眼什么都能看清。原来因为恐惧，我一直没有睁开眼睛，找不到方向，才在黑暗中摸索，放大了恐惧。我找到了原因，先前的惧怕一下子散去很多。

　　经历了此劫，我觉得自己冥冥之中有预感，不然怎么会挂条红绳？同时，我也感受到在无助的时候，朋友的一双手是如此强大。或许当时只是一时的错觉，但那真真切切的感受，让我的心灵经历了一场劫难。

　　虽然备受惊吓，但我有了很深的体会，我要感谢周围的好心人，也感谢朋友们。在我感到无助的时候，他们伸出了友谊之手；当我的恐惧来临，他们帮我驱散了阴霾，使我能不断追逐光明。有朋友在，我会勇敢地直面困难，努力前行。

# 我的生日缘

2018 年 11 月 22 日，一个很普通的日子，小雪节气，母亲选择在 54 年前的这一天把我带到这个世界上。

最令我兴奋的是，1928 年 11 月 22 日，旅居美国的学者张钰哲发现了一颗旧星空图上没有的小行星，这是一颗从未被人发现的小行星，这是第一颗由中国人发现的小行星，被命名为"中华"。

2018 年的小雪日恰逢感恩节，我要感谢我的父母给予我生命，给予我一个温馨、快乐、幸福的家，陪伴我走过幼年、少年、青年和中年；感谢世间孕育万物生长，为我们提供食粮；感谢身边所有人，与我一路相伴。因为拥有这一切，我的人生充满了温暖，我怀着感恩之心，感谢今生有你们。

好要感谢与我同月同日生的你。我突发奇想：有什么人和我生于同一天？不查不知道，一查还真有惊喜，怪不得许多读者说我的文章有朱自清的影子，原来我们同月同日生。比我早66 年出生的朱自清，以其独特的艺术风格，为散文增添了瑰丽的色彩。我喜爱散文，也是受其影响。很幸运，我找到了与他的契合点。

　　还有生于 1869 年 11 月 22 日的安德烈·纪德，一个获得诺贝尔文学奖的法国作家。很幸运，我能和有如此天赋的作家，生于相隔近一个世纪的同一天。安德烈·纪德的经典语录："伟大的头脑倾向于平凡。""获得幸福的秘诀，并不在于为了追求快乐而全力以赴，而是在全力以赴中寻找快乐。"他的散文诗集《人间食粮》，就是追求生活快乐的宣言。我优于他的是，我的童年虽不富有，但没有孤独和寂寞相伴。

　　人们把不同年龄、生日相同这种情况称为生日孪生。与我同月同日生的还有英国小说家乔治·艾略特、中国清代画家郑燮、中国近现代画家和艺术教育家林风眠。也许我与文学艺术的缘分也和我的生日有关，不然我怎么会和那么多有才华的人有着不解的生日缘。

　　对艺术，对文字，我虽没有他们执着，但也从未放弃。我用我的爱好宣泄着我的情感，获得更多乐趣，我在文字和艺术的世界，自由地呼吸。但我也不甘于此，一直追寻心中的梦想，也许不会实现，但终不肯放弃。

　　感谢 11 月 22 日这"双双相连"的日子，它让我有了太多割舍不下的情怀。我不太相信星座，但巧合很多。两个星座相连这一天出生的人，既有射手座重感情的一面，又有天蝎座绝情的一面。由于内心的寂寞，他渴望被爱又怕被伤害，只能强忍着靠近的愿望，被动地周旋，把主动权交给对方。你走，我不送你；你来，无论风雨，我都会接你。这一天出生的人，哪怕身处充满荆棘的逆境，也会冷静地面对，甚至有些兴奋，能不断地挑战自我，迎风前进，体现出天蝎座的执着和射手座的智慧。

这一天出生的人，十分反感低俗，不喜欢俗气、粗鲁的人和事，有天蝎座的特立独行，还有射手座的傲慢。试试看，走一段不寻常路，拥抱意想不到的收获。

11月22日，赶上感恩节，我难报父母的养育之恩，虽温暖依旧，却时空远隔，唯有为他们默默祈福。感谢我的恩师，让我拥有智慧与教养。感谢生命中每一个朋友，给我帮助与支持，哪怕你是短暂的过客，我也愿记住那一刻的相见，如清风拂面。感谢生命中的每一天。太多精彩点缀了生活。感谢亲人、同事、朋友，以及曾经有爱、有恨、有隔阂的人。感谢生活给我带来丰富的阅历，使我的人生多彩。感谢社会给我带来文明的曙光，让我秉持赤子之心，用真善美回馈所有。也要感谢自己能顽强地面对一切，洒脱地生活！

# 生辰杂记（一）

　　说来有趣，昨晚是十二节气的小雪节气，也是我的生日。下班的时候，有风，感觉到比平日凉了许多。

　　入冬以来，天气还算暖和，只是偶尔有风，但并没成气候。平日里，晚饭后散步、跳舞是我的必修课。今天生日，家人各自忙，我也乐得清闲，加之天气变冷，我便和平时一起锻炼的姐姐们请了假，安心给自己放个假。

　　我这个不大不小的尴尬年纪，已经过了张扬的时候。我想忽略不计生日，但现代信息技术的发展是前人难以预料的，以至于午夜刚过，我便收到第一个生日祝福。最值得庆幸的是，早晨醒来，我收到的第一份生日祝福是儿子发来的，满心幸福！儿子成家后，在儿媳的帮助下，懂事很多，儿媳自然功不可没。

　　几天前我为自己准备了生日礼物，这是必需的，人要首先爱自己，这样才会更好地爱别人。这是我的论调，也许会被别人看成自私，但没关系，做人就要做自己，不要做给别人看，否则会一生受累。这是我从母亲那一辈的经验中总结的，爱别人的同时不要忘记爱自己，不能失去自我，否则会给身边的人带来压力。

除了家人，我还收到了很多生日祝福，当然有平时最要好的朋友的，她们能记住我的生日，我很感恩。

午后，我还是委婉地发了朋友圈，这一下又收到了不少朋友的祝福，儿媳的祝福自然是最让我开心的。晚上追加的祝福蜂拥而至，真是幸福满满的感觉。

半夜醒来，无睡意，还是写点儿什么吧。生日后的第一个夜晚，再次失眠，呵呵！没关系，夜晚很多，我会有很多机会睡得香甜；今晚失眠，我是有收获的，一段文字记载对我来说是很珍贵的。凌晨4点33分，又一个双数。11、22、33，排列整齐，巧！还可以睡会儿，醒来迎接又一个阳光灿烂的日子。

# 生辰杂记（二）

用柔弱的身体，撑起强大的内心，说容易也容易。

又是一年小雪日，恰逢生日，不知 50 多年前的今天是什么样的情景。母亲去了，这世上可能没有人回答我了。记得母亲说我生于一个冬日早饭过后的时候，想必是一个暖融融的早晨。在母亲的怀里，就算冬日，我也会倍感温暖。这一年年初，我梦见繁花似锦，本以为今年会有美事降临，没想到身体突然抱恙，整日里与药相伴，一下子老了许多。幸好身体底子还算不错，经细心调养，加之合理锻炼，竟恢复如常，偶尔略有不适，简单吃点儿中药便恢复了。身体的小恙好医，可是偏偏闲气上身，坏了心情。现在想来不算什么，就由它去吧，只是自己从此小心，慎防坏了心肠的小人影响了自己的生活情趣。这样想来，释然很多。人生多有不如意的地方，想想林清玄所说人之常情不如意十有八九。也许每个人都有各自的不如意，这样想来，那看起来有些事情就变得鸡毛蒜皮了。

去年的今天是小雪，今年又是。看了万年历，求证一下，我的的确确生于二十四节气里的第 20 个节气当天。昨天刚下过雪，地上还有残雪，北风冷冷地袭来，吹散了阴霾，今天空气极好。

浅遇拾光

本来想写很多，到了此时，却睡意袭来，双眼蒙眬，那就到这里吧。衷心感谢关心爱护我的人们！祝你们好梦！

# 今晚如此寂寞

好久没有触摸文字，生怕触摸到它，又会感伤。今晚如此寂寞，就算在风中来回地踱步，也无法赶走那徘徊在内心的感伤。原来不是流淌的文字默默地记录了我的感伤，而是那难以梳理的心情只有散落在文字中，才能排解感伤。

白天的闷热，被夜晚清爽的风吹散。我问清风，为何不把我心中的郁闷吹散？蹒跚的脚步，划出飘浮不定的思绪，是爱是恨，还是思念？我在风中也难以分辨。

不知今晚为何如此寂寞，寂寞的我又回归那好久不曾触摸的地方。今晚唯有你做伴，再奢侈一把，把自己的文字泼洒，让心中的寂寞一同挥洒。

风，你肯停下来听我诉说吗？山，你是否还能听见那回肠荡气的呼唤？海，你可还记得情感的潮涨潮落？

风，你如此无情地掠过，可以带去身上的热，却无法带走我的寂寞。若是此时有雨丝相伴，我相信那不争气的泪水会把雨淹没。

今晚我是如此寂寞，这才恍然了解，不是文字给我带来寂寞，而是寂寞的心让我变得如此寂寞。若没有文字相伴，鬼知道此时我会不会被浩瀚的寂寞淹没。

今晚我把文字嚼破，只因为我很寂寞！

# 君子之交俭如茶

君子之交，淡如水，俭如茶，不尚虚华。夜半听书——《相知是赠予的高级境界》，受其启发，有了"君子之交俭如茶"的感悟。在我看来，贤士除了有一定的品德修为，还要有文化底蕴的支撑。世间以酒会友的，比比皆是，酒浓情更浓。能促膝长谈、以茶会友的，则弥足珍贵。

我不懂茶道，接触过一点点，却出奇地喜欢。我生性厌恶喝酒之人，可身边实在不乏饮酒之人，我便退一步，只要酒品还好，不是酗酒，也能容忍。我几乎不喝茶，只有在宴席上喝茶，因为觉得茶更容易入口些。但是有时茶喝得多了些，夜晚便会失眠，喝茶便也不得不适量。

我不算文人，却偏偏喜爱以文会友。我喜欢意公子，每每看到她的文字，便会分享，由喜欢到了痴迷，每听完一段，都颇有感触。忍不住想写点儿什么，大多时候又因生活琐事而搁浅，错过了太多记下来的机会。也许是生活留给我自己的时间太少了，缺少文字的滋养，生活太乏味了。

大概30年前，我在杭州西湖景区内第一次接触茶道，虽商业气息较浓，但品茶的过程令我沉静，那娴熟的茶艺给我留下了深刻的印象。十年后一次专习茶道，更令我从此对茶这门生活艺术产生了浓厚的兴趣。闲暇时，我浏览了关于中华茶文化的论述，了解了点儿皮毛，竟下笔写了茶人——不是传统意义上的茶道之士，而是以茶道精神喻品格。现在看来，虽肤浅，但也算颇有深意。

前不久，我去成都，买了唯一一份像样的礼物——茶，送给兄长。兄长爱喝茶，只喝花茶，我是知道的。还送了我敬重的一位亦师亦友的文人，他回绝我的理由是他从不喝茶，这倒让我有些意外。在我的认知里，文人都喜欢品茶，原来论酒更胜一筹。当然，也许他也是出于好意的推辞。我不喝茶，每每收到别人赠予的茶，就觉得很开心，至少感觉对方用了心，且懂我。于是，我不喝，却会珍藏。这次我没有因为他说不喝茶，就放弃赠茶，我想以他的修为，会懂我的诚意。

君子之交，是我推崇的。生活中交友，我喜欢"简"和"俭"。朋友相交简单，无须烦琐。以前，礼尚往来在我看来就有点儿烦琐。随着与人接触，我发现自己过于简单了，如果没有礼尚往来，那种淡如水的交往，也未必长久。于是，君子之交俭如茶，我觉得更受用。茶的精髓在于俭。在《茶经》的首篇中，陆羽就提出："茶之为用，味至寒，为饮，最宜精行俭德之人。"可以说，"精行俭德"四字贯穿了整部《茶经》，也是陆羽所倡导的"茶道精神"的精髓。茶人淡泊却可以明志，茶香宁静却可以致远。介于喧嚣的酒肉之交和淡如水之交中间，俭如茶的交往更值得推崇。

以茶会友，不只是喝茶，而是共享一个心灵契合的精神空间；以茶赠友，赠的不仅仅是茶，还有对中华传统理想人格的

# 浅遇拾光

尊重与认同。我不喜喝茶，便失去了以茶会友的机会，只能选择以茶赠友，以表对师友的人格的尊重与认同。喝酒令人兴奋，喝茶却能使人安静，后者是我最喜欢的境界。君子相交，"精行俭德"，告诫彼此做事情要精益求精，要有节俭的美德，不浮华虚妄，要庄重质朴，这样方可深交。

以上只是本人愚见，其实交友的方式有多种，我自己也不会局限于某一种。君子之交算精品，那俭如茶的交往则是精品中的极品，是我认为的上乘交往，不可多得。生活多面，贤士辈出，朋友千千万，知己能有几人？

# 十字路口

走在路上，每次到十字路口，我从没犹豫过，或等红灯，或转向而行。就像在人生之路上，无论平坦还是坎坷，我从没有过太多执念，总能毫不犹豫地选择，认清自己想走的路，一直走下去。

也许我没有真正地深思熟虑过，只是按照自己的意愿走下去，虽然或多或少经历艰辛，但从没后悔过，只因自己选择，不问对错，遵从内心，绝不拖沓。人非圣贤，孰能无过？面对不满意的结果，我也学会了欣然接受。

生活中常有些人，走到十字路口，便开始犹疑：怎么走？向哪个方向？难以抉择时，总喜欢征求别人的意见。有人认为此人没有主见，在我看来，自己做选择时，别人的意见也只是参考，最后还需要自己决定。

记得有一次坐车，到了十字路口，车辆穿梭，我目测司机可以很顺利地左转，司机却缓缓地蹭地皮。等我觉得毫无机会左转的时候，他一踩油门，果断左转，结果可想而知，两车只有擦肩了，害得我下车走回家，幸好十字路口离我家不远。我这个半吊子司机都能看出可否通行，司机怎么还在犹豫？

有人说，我不信你没有犹豫过。仔细想想，关键节点需要决断的时候，我还真没怎么犹豫过，只是在一些鸡毛蒜皮的事上，或者面对一些令人无奈的人与事时，不得不犹豫。不是不好决定，而是如何决定，结果都一样。

从没有对生活失去信心，因为我总能寻找到自己想要的生活方式，即便为生活所绊，内心也是坚定的。随着年龄的增长，心态更加稳定。气过闹过，一笑而过，我也服了暴风骤雨与风轻云淡兼备的自己。

好久没有这样静下来写点儿东西，因为太忙太乏，还是得过且过？似乎都有点儿，年纪长了，步子不自觉地缓了，加之伤过，于是多了几分谨慎，只是骨子里的那份坚定还在。晚饭过后，取个快递，突然冒出一个想法：两年之后，要不要遁入空门？第一次这样想，不知是真心还是随意。以前想过远离世事，深居简出，还从没想过要渡劫成仙。这是受了刺激吗？纯属异想天开，还是做个俗人吧，多闻闻人间烟火。

儿子讲了一个梦，在梦中求仁得仁，到头儿来还是被两个看不清的人影拉回现实。人不可无梦，若没了想法，岂不成了行尸走肉？现在每到十字路口，不急时会缓缓地等绿灯亮起来，急的时候火速转向，对我来说，没有什么比时间更宝贵。也许是老了，我从来不会在坐公交车和打车之间纠结，不吝于打车，此举令我节省了很多途中的时间。我突然觉得"寸金难买寸光阴"也不是不可打破的魔咒，至少我用块八毛钱，节省了翻倍的时间。

今晚，我站在十字路口，无须抉择走哪条路，因为回过头来，那条路就通往家里。当我们面对亲情时，无须选择，尽可以坦然地去爱，不计得失，不计回报。

# 睡起莞然成独笑

昨夜，窗外无一丝风。假期前的两个公休日，一日骄阳似火，一日潮湿闷热，即便如此，白日里我并没有停歇，参与了暑期培训，还有值守。度过了挥汗如雨的白天，到了夜晚，静下来，展开画卷，躁动的心才渐渐安静下来。在这属于自己的时间里，我便游走于另外一个世界，那纷繁的一切被抛在脑后，盛夏带来的种种不适悄然退去。

天气预报说今夜有暴风雨，以至于原定的学习更改了日期。白天顶着细雨，想着即将到来的暴风雨会对单位那原本脆弱的门窗造成何等冲击，于是采取了小儿科般的补救，很难想象效果。

今晚沉浸于《清凉一夏》中，不是钟爱，只是觉得应景。那本不属于现实的色彩，曾让我动心，因为足够剔透。

忽想起陈文述的《夏日杂诗》："水窗低傍画栏开，枕簟萧疏玉漏催。一夜雨声凉到梦，万荷叶上送秋来。"

展画卷，听雨声，清凉夏，犹秋梦。夜梦醒来，风雨已来，静卧床上，枕着无奈。这样的天气，终究让人低迷，不如睡去，那些虚无缥缈的梦终究会被现实打败。拿起笔的那一刻，忽又回到开始的地方，初心不渝，逐梦前行。没有太多期许，因为终究不是你所追求的目标，也不是你可以依赖的生计，蜻蜓点水，便恰到好处。

此时风雨未息，趁清凉之时，弄文骚墨，让暴风雨见鬼去吧！

# 现在还有那有爱的婚姻吗?

## ——答林语轩先生

刚写过《婚姻——爱成功的标志》一文,我阐明的观点是:人们习惯通过婚姻来衡量爱是否"成功"。许多朋友反响强烈,认为我的观点过于鲜明,与现在的婚姻观格格不入。其实我所说的"成功"只是形式上的,人们往往将婚姻视为一份"成功"的爱的结局。其实我又何尝不怀疑,有多少婚姻有爱?林语轩先生在评论中大胆提出自己的疑问:"现在还有那有爱的婚姻吗?"我做一下回应——

所有成婚的男女回忆一下,谁没经历过充满激情的热恋就草率地走向婚姻?我想答案显而易见。尤其在青春躁动的年纪,谁没有过对爱的憧憬与向往,然后欣喜地走入婚姻的殿堂。步入婚姻后,现实让人们逐渐冷静下来,人们开始重新审视自己的婚姻。这时,很多人会发现身边的人并不是完美的理想爱人,婚姻也并不完美,或多或少存在着缺憾。这很正常,这本来就是婚姻的本来面貌。这样,很多婚姻要靠责任来维系了。你若放大缺憾,那么缺憾就会越来越大;你若放大责任,那么责任就会胜过缺憾。

林先生的疑问"现在还有那有爱的婚姻吗",也是很多人心中的困惑。现在婚姻承载了太多，已经冲淡了真爱的意义。我们扪心自问，脱离了社会现实，只有所谓爱的婚姻又能坚持多久？婚姻本身蕴含的不只有爱，它先天地带有诸多责任。有人说婚姻等于围城，没错，有多少人为了一份责任，在围城内外徘徊，外面的风景很美，走在风景里还是站在风景外？

下面有两个发生在我身边的真实的爱情故事，不知能否说明一些问题。

有这样一个女孩，她聪明、漂亮、温柔，还会唱歌，可是家庭状况很差。她很坦诚地讲述了她的爱情观。在婚姻上，她渴望的就是对方有钱，能帮助她和她的家人改善生活。为了达成目标，女孩竭尽全力地寻找，但屡遭失败，最后自己被弄得遍体鳞伤。因为钱，她去爱对方，对方因为它的美丽而配合，甚至也坠入爱河。然而不久，对方却背着这个女孩，娶了另一个女孩。在选择结婚对象时，他放弃了这个女孩；在情感方面，他又不愿放弃这个女孩，非要和她保持情人关系。我相信女孩投入了感情，而对方也不是完完全全因为有钱而挥霍爱。那他爱他的妻子吗？他爱这个女孩吗？唯一的解释是，在婚姻面前，人们不见得选择自己的真爱，往往会选择保险系数更高一些的对象，你可能不是很爱对方，却觉得对方才是那个可以和你平平淡淡共度一生的人。

还有这样一个邻家女孩，在大学时爱上了自己心仪的男孩，男孩自身条件很好，两人共度了美好的大学时光。毕业后，男孩顺利地找到了工作。到了谈婚论嫁的时候，男孩由于家在贫困地区，不能拿出足够的钱去购买一所可观的住房，于是女孩的父母勒令女孩与他断绝关系。女孩苦苦哀求父母。后来不过半年时间，我与女孩在街上偶遇，她已和另一个能买得起大房子的男孩结婚了。我有些震撼，第一反应是：这是她真正想要的婚姻吗？她爱他吗？她心里还装着初恋的男孩吗？

　　我的疑问是，在某种功利促成的婚姻里，当对方完全属于你以后，你会永远为此功利而满足吗？你还会不会有更多情感上的诉求？对于林先生的问题，我很难解释清楚，但正是这样的疑问困扰着很多人，他们在爱与婚姻的边缘徘徊，苦苦寻找答案。个人愚见是，无论在什么背景下，永远存在那可以撼动心灵的、拥有真爱的婚姻，不管多么稀少，但总会存留！

## 女人贪婪，男人自私？

女人常问男人两个问题："你还喜欢我吗？你还像以前一样爱我吗？"然后从男人回答的态度上来证实自己在男人心目中的地位。女人总是渴望做男人心目中最好的女人，做男人最爱的女人，让男人永远围着自己转，忽略其他所有女人。

我的一个女性朋友曾问我，怎么能让自己的丈夫觉得自己既是妻子，又是情人，还是红颜知己，她说她想三者兼备。我当时笑着说，很难做到，三者有二已经很不错了，三者兼备的可能性极小。这位朋友却执着地说，她知道很难，但她会努力做到。从她的言谈中，我体会到了一个女人对丈夫的爱，也看到了女人在情感上贪婪的一面。做妻子，确立在家庭中牢不可破的地位；做情人，让男人心旌摇荡，魂牵梦绕；做红颜知己，时刻捕捉男人内心世界的真实想法。她想完完全全地征服男人！

女人如果爱，就会贪婪，贪婪地想占有男人。

男人常把女人当成自己的私有财产，说："你是我的！你永远只属于我一个人！"然后将女人揽入怀中，仿佛想将女人变成自己身体不可分割的部分。男人希望他拥有过的女人都对他不离不弃，即便不爱，也不愿意轻易放弃。当他看到曾经心爱的女人与他人为伴，往往会醋意大发，嫉恨不已。

刚开博客时，由于新鲜好奇，我没有考虑很多，便将自己的生活照发在博客首页的个性图片里，结果被丈夫发现了，好像天大的事情发生，他强迫我立刻把照片删掉。我当时不明白，他说他不喜欢让别人看到我的照片。出于对自己尊严的维护，我据理力争，希望他把此事看得淡些，本来就是玩嘛。可他很固执，说不通，我甚至有些气急败坏地说："有本事，你用鸡蛋壳把我包起来。我们每天出入公共场合，你能管住别人的眼睛吗？人都让人看了，照片又如何？后来看到他气不过的样子，我不愿因为这点儿小事影响夫妻感情，就很不情愿地删掉了照片，但心里总觉得不舒服。难道我连这点儿权利都没有吗？气不过，我就咨询了两位男士，结果他们的想法和我丈夫完全一样。哦，原来男人都如此自私！为了爱，原谅他的自私吧？我放弃了争取自己的权利。

不管女人如何独立，如何能干，但在男人眼里，女人永远是他们的私有财产。其他男人对女人的一点儿殷勤，都足以让男人产生敌意，甚至把对方视为天敌。男人因为自私，才摆脱不了这种心理。

女人、男人，因爱而贪婪，因爱而自私，但是过分贪婪、过度自私，就会给彼此造成无形的压力，也许会适得其反——贪婪的结果也许是失去，自私的结果也许是使对方远离。

# 夜如此静谧

我几乎记不起春天夜晚的样子了，也许春天在艳阳下有太多新蕊让我应接不暇，搜索这么多年来的文字，对春夜的描述竟没有只言片语。匆匆忙忙的生活中，我忽略了很多东西。有一天，走到蓟运河畔，我突然发现，这里的桃花已快要凋谢，原来春天早已走来，即将转身离去。

晚饭后。没有急于出门，等我走到小区外的街道，发现这里与往时不同，格外静谧。今晚无风，转弯过后的主街区也空无一人，幸好路上有车辆驶过，不然我会误以为自己站在了一幅风景画前。

我向远处望去，似乎在寻找什么，说不太清。幽远的街区，灯光依旧璀璨，因为没有干扰，这会儿我觉得灯光如此夺目，与我的形单影只产生了鲜明的对比。我一个人来回踱步，没有人的街道安静得令人窒息，就连停在路旁的汽车都好像睡着了一般沉寂。

走到丁字路口，对面的红灯亮了，一辆车停靠在标志线后面，我忍不住停下脚步，似乎把自己当成了那个司机，读着不断变换的数字，等到红灯变绿，才目送车辆远去。我收回视线，过了路口，左转便可以走回我居住的小区。

一眼望去，小路一尘不染，此时哪怕是一个碎片、一个身影，也会打破这里的静谧。这边的路灯光与主街区相比，柔和了许多。白天看起来很平常的树木，竟在灯光的照耀下变得有些迷幻，光与影交融，分不清彼此。铺在路上的条形地砖轮廓清晰可见，在光的映衬下，也有几分诗意。

白天路过街区时，我发现各种各样的树点缀了春天。这里临近校区，正值毕业班学生上课，我便趁着无人，偷偷掏出手机，拍下街边的风景。此时联想到白天的景致，多了几分好奇。不知此时在灯下，那些树会袅娜成什么样子。若是有伴同行，无论如何也要拉上她们走过去探个究竟。

眼下我只能细细打量小路对面那躲在灯光里的树，似乎多了几分朦胧，十分令人着迷。明明是绿的呀，怎么就晕上了昏黄的色调？那树影如金子般闪烁，让我不禁惊叹："哇，太美了！"我目不转睛地望着，在这静谧的春夜里，这些树竟有些妖娆，伟岸中不失神秘。我突然发现树旁有两个人，在静静的画面里游动，给整个街区增添了一抹灵动之气。这样一个静谧的夜晚，我痴痴地望着树，也真够可以的，如果有人看到，人家一定会觉得这人的脑子出了问题。我把目光转向前方，但还是忍不住地回望，左看右看，无论从哪个角度看，那棵树都美轮美奂。

小区的北门到了时间就会关闭。这里灯光有些暗。往日三三两两结伴散步，牵着自家的宠物悠闲散步的人已不见了踪影。其实并不是很晚。

微风拂过，那插在门前的旗帜飘飘荡荡，我曾在这里值守，想着白日里打交道的那些带着微笑的面孔，感受着内心的充实。

依稀可见白日里遮阳的帐篷，被捆扎在一起，静谧地肃立在那儿，是翘首等待夜归的人儿，还是期待黎明时分，第一个打破沉寂，敞开门迎接过客呢？

　　走过小区围墙外的一段路，数着步子，绕进南门，在卡口例行检查后，走进小区。离自家的楼还有一段距离，中央花园器械区有人在做运动，甬道旁传来说话的声音，我的脚步似乎变得轻松起来，步子越来越大，家越来越近，远远地看到玻璃窗里透出来的灯光。那束光划过静谧的夜晚，让我忽然间感受到一种从未有过的温暖，我没有过多地停留，疾步走进自家柔柔的灯光里。

# 人到无求，心自安宁

曾几何时，我觉得自己已看破红尘，心如止水，学会了在平静中生活，平静地看待生活中的各种现象。对世间的各种事，都以一种辩证的态度来分析。为别人做事时，不想对方应如何回报，而是喜欢做就去做。付出了，不在乎有什么回报，自我心理的满足、快慰胜过一切。看到对方受益，自己就很欣慰。偶尔，别人的一声感谢或者赞许，甚至信任的目光，就会让自己觉得值得，心境由此变得很好，很平静，很安宁，但也缺少了世俗的激情。

其实，真正做到"无欲无求"，并非易事。偶尔遇到触动较大的事情时，无欲无求对于我来说，可能是一个很难达到的境界。当名利、荣辱摆在面前时，我还不能完全做到无动于衷。虽然不断压抑自己的某种虚荣心与欲望，还是不能每次都将欲火扑灭，"无欲无求"此时只能作为告诫自己的苦口良药。有时欲望使人偏执，也许会使自己得到片刻的欢愉，但更多的是感伤。因有求，求有得，心自满。因有求，求不得，意自冷。好在我已学会在躁动中平复情绪，于是有了新的感悟：人若无求，就不会奋进，而安于现状，不奋进则沉沦，沉沦的结果也许就是颓废，这样的人生就没有价值。也许是给自己躁动的心，找一个极美的理由和华丽的台阶。

我认为，真正的无欲无求，其实是一种心境，淡泊名利，保持平和，宁静以致远。"人到无求，心自安宁"，生长在世俗，超脱于尘世，既要做到心如止水，又要做到体现人生价值。来自社会，安于社会；适应社会，超脱社会。

其实每个人的每一次付出，求与不求都会得到回报，就看你从哪个角度去看了。好多人看重的是自己的付出，就对回报有了更高的要求，其实我们只是人世间一个微不足道的小颗粒。无论有我无我，照样日升月落，四季更替。要认清：我只是渺小的一分子，在我身上发生的事，微不足道。一个女性朋友沉浸于婚姻失败的痛苦中，我劝慰她："当你走出门的那一刻，看到太阳依旧挂在天空，花草树木依旧在，道路依旧伸向远方，亲人依旧陪伴在身边，朋友依旧在你左右，周围的环境没有太大的变化，只是身边少了一个让你烦心、伤感的人，只是你自己的心境变了，其实你拥有的远远超过你失去的。"

身边的长辈常说"命里无时莫强求"，听起来有些唯心，但是分析起来也不无道理。现实中可遇不可求的事太多，还是保持一种平和的心态面对一切，胜不骄，败不馁，只有这样才能保持身心安宁。追求"人到无求"的境界，保持"心自安宁"的状态。

# 若让我选择，我仍选择独自前行

谁没有过向往？谁不想在繁花中走过？谁又未幻想过自由？谁在与现实的碰撞中没有过失落？

我向往有一个安身立命之所，过一种简单而无虑的生活。哪怕自己耕作，没有锦衣玉食，只要衣食无忧，面对青山，画自己想画的画，写自己想写的诗，也足矣。

我曾毫不犹豫地选择平凡，也许是因为过早地看透，繁华总有落尽的时候。我不喜欢在繁华中行走，更喜欢徜徉于群山之巅，为的是感受在群山之中我的渺小。

我喜欢静静地遐想，放空思想，沉浸在自己的世界中。我喜欢在晴日里坐在阳光下遐想，呆呆地望着天空，做着无际的痴梦，也曾幻想插上一双翅膀，自由地翱翔。我试着放飞风筝，让它牵引着内心的期许，望着它远去。

我的生活并不是如鱼得水般逍遥，但因为一直坚守着初心，一切还好。生活中，要学会调节自己，处事波澜不惊，淡泊名利，潜心做好自己，修正自身，做到不被他人左右。

也许安静就像琉璃，徒有其表，那份平静早已被一圈圈涟漪打破。有谁能躲过世俗的眼光，又有谁能在杂乱的生活中安之若素？怕是只能无奈地面对。

　　这世上出卖你最快的，也许是你最要好的朋友，你曾为朋友的出卖而心碎，也曾为朋友的心机所累，但伤过累过总会学乖，是天真还是愚昧？真是难以解答的问题，于是选择独自前行。

　　孑然一身，洁身自好，洒洒脱脱，享受一个人的宁静，年少的心境已然回归。独自前行，有不一样的风景，少了嘈杂，多了安然。

　　生活中有无数次选择的机会，我不会放弃，每一次都会选择勇敢地面对，选择独自前行，因为没有一个人会永远不离不弃地陪你，更不会在任何时候都选择不背弃你。

# 生命中的陪伴

我喜欢读书。书，就像我最忠实的朋友，陪伴我成长。开心时，一目十行，字里行间洋溢着欢乐；郁闷时，细细品味，浸入书的情境，无法自拔；闲暇时，随手翻阅，它占据我的时间、空间；忙碌时，它静静躺在我枕边。

"我读书为的就是不遇到我不想遇到的人。读书，是为了成为一个有温度、懂情趣、会思考的人。"我觉得这话说得太贴切了。当嘈杂与烦闷充斥于你的内心，你会发现，只有读书可以让你平静下来。其实喜欢读书，是一种造化。我读书，是因为喜欢揣摩作者的意图，喜欢探究未知的结局，爱不释手，废寝忘食，嗜书成癖。我读书范围广，深度不够，这让只有文人的气质，却缺少了文人的底蕴。这是我需要修正的地方。

说到底，我喜欢书只是情之所至。书让我接触到我在现实中永远不可能接触的人和事，体验到了生活中很难获得的独特感受。书让我性情中的安静表露无遗，也让我有了一些独特的气质，尽管这在别人看来并不是什么优势。

我爱书，是不会妨碍别人的，因为只要一个角落、一盏灯，就足以让我静下来，陶醉其中。可以不吃不喝，不说不笑，不动声色，铅字在瞳孔里穿梭，安静的背后可能正是内心掀起的惊涛骇浪。

　　书，是我今生不离不弃的朋友。我坚信，即便全世界都抛弃我，我还有书相伴。有了书，就可以拥有很多，不然古人为何说"书中自有黄金屋"。读书就像独自旅行一样，独自旅行是因为不想和不理想的旅伴同行，不为别的，只为心境。读书，便是在大千世界游历，让人变得温暖，变得有情趣，同时给人更多独立思考的空间。

# 嗜书

少时，说我嗜书如命，一点儿不为过。当时我生活的环境中，书是比较匮乏的，但这丝毫没有影响我爱读书。

当时红色书籍是我读得最多的，如高尔基的《大学》《母亲》，保尔·柯察金的《钢铁是怎样炼成的》，杨沫的《青春之歌》，等等。后来读了一些名著，如《红与黑》《安娜·卡列尼娜》《巴黎圣母院》《悲惨世界》《飘》《少年维特之烦恼》。还读了很多当代小说，也读过四大名著，反复读了几遍的是《红楼梦》，似懂非懂，可还是乐在其中。与《红楼梦》有关的书，也看了很多。我喜欢里面的诗社，羡慕那些有才华的人物，喜欢那些性格各异、各怀心事的痴男怨女，那些悲欢离合让我流泪。有时我忘记了现实，好似在书里的情境中游历。有的章节读了又读，有的章节努力读下来，却不知其义。如今想读书时，第一个选择仍是《红楼梦》，也许正是因为有太多深意难以揣摩，才想一次又一次地读，但再也回不到从前那种心无旁骛读书的状态。

业余时间什么也不做，只是读书，常常读到深夜，怕父亲责备，就躲在被窝里，拿着手电筒。夏天也曾借着外面的月光读书。家人看到我嗜书成癖，下了最后通牒：谁也不许借书给我。

我就有什么读什么，求人帮我借书。被我磨得没法子，小哥借我一本《话说长征》，我便高兴地读了起来。

当然，也有我读不下来的书。《三国演义》介于白话文与文言文之间，我硬着头皮都看不下去，尝试了很多次，但每次拿起这本书就无心看下去。这是我读书生涯中的一个特例，以至于到了今日，我也未曾读下来。我还读过很多名人的传记。那个年代的手抄小说也看了好多，如《梅花党的故事》《奇怪的脚步声》《绿色钱包》等。

我读书的速度是极快的，一目十行，有时连作者都忽略不计。记人物的名字也麻烦，反正自己能读明白就可以了，何必为其所累。这是我的方法，自己也乐得接受，人物只是代号，叫什么不重要，重要的是人物关系。尤其是外国文学作品，一长串名字，分不清彼此，不记也罢。像《蜜香树》《桃花扇》《火凤凰》《一帘幽梦》这类小说，也在我的阅读范围内。我读的书太杂了。

日常生活被琐事充斥，留给读书的时间甚少，闲下来读书就变成极为奢侈的事情。现在，连打开书的勇气都消耗殆尽，我总是在心里宽慰自己，等退休就有时间了，可以好好读读书了。

其实说完全没有时间读书，是自欺欺人。网络的强大早已超乎人的想象，有时候为了打发时间，在网上看新闻、浏览网页、看网络小说、追剧，追得比较多的是古装剧，因为可以在其中捕捉一些历史性的东西，虽然大多是传奇，但也有些渊源可以追溯。而一本书放在枕边，随时可以拿起来看，这是再方便不过的事情。开卷有益，似乎被我忽略了。但在我的内心，读书还是很难割舍的豪华大餐。从古至今，那些努力读书的人，在孜孜不倦的背后，有一种强大的精神力量的支撑。

　　把读书当成任务时，读书的乐趣就减了一半，但无论如何，这也是逼着自己读书的一种模式。我不再是抱着电脑、手机，枕边多了一样久违的物件，那就是我曾经爱不释手、嗜其成癖的书。

# 画心

　　画国画不是我的长项，却是我的钟爱。如读书一样，它已成为我生活的一部分。一个偶然的机会，它走进了我的生活。

　　在学画的过程中，我有很多心得。譬如说，接触的学管老师，他们都很认真且执着。他们的工作就是让每个来试听的学生喜欢上画画，在试听的基础上通过浅显的接触，激发内心学习的欲望。在他们周到的服务下，人们最终忍不住掏腰包参加学习。他们在细心工作的同时，还要拿出大量时间说服试听者参加正式课的学习，我常常为他们的执着与敬业而折服。

　　在学画的过程中，我经历了三任学管老师。对于他们所属的教育机构来说，他们无疑都是很好的老师。对于我来说，在与他们的接触中，我会衡量他们的服务质量与服务动机。不得不说，在学习的过程中，有两位学管老师对我很耐心和细心，与我有很多交流，我不知道他们对于每个学员是否都持同样的态度。有一个时期，我几乎要报名参加正式班的学习，不是因为自己的初衷（初衷只是好奇，想了解一下），而是觉得不报班对不住老师的服务。我咨询了几个朋友和家人，他们对我的决定都持否定态度。于是，我又拿出自己的初心说服自己，慢慢地，变得有些坦然了，但是又很难面对学管老师的优质服务，就有些刻意躲避，似乎有点儿偷了人家的东西的感觉。有一天，一位学管老师知道我不想参加正式班的学习，毫不犹豫地把我踢出了学习群，然后把微信好友也删除了。我一点儿也不觉得奇怪，也没有生气，反而释然了。

所幸，还有我最初学画时的学管老师 Z 老师，他一直"留"着我，让我感受到一种别样的温馨，让我体会到利益关系以外的人情。我们很少交流，他偶尔会发一些信息过来，希望我能参加有优惠的课程的学习。有好几次，我忍不住想告诉他，我要参加学习。但综合考虑后，我还是忍住了，不是不爱，不是不想，只是有些现实问题。

站在他们的角度，可能会觉得我是舍不得钱。但真的不是钱的问题。有好多"因为"，我不想说，说出来也没人会相信。包括我自己，有时候都不太相信自己的理由，宁愿让别人相信我真的是为了钱而放弃。

Z 老师一直为我留着延长 10 节试听课的机会，我没有再接受，因为受之有愧。说心里话，学管老师因为我的执着与认真，对我已经很优待，是我不懂感恩，没有掏腰包学习。有时想，要不要发个红包鼓励一下，但思前想后都觉得不妥，这样会亵渎了一颗敬业的心。我更喜欢纯粹的服务关系。我承诺，我不会到别的平台参加有偿学画，要对得起曾经为我服务的平台的学管老师。将来如有那么一天，我时间充裕了，想学画了，我会找我的第一个学管老师 Z 老师，只因他留下了我，他不仅敬业，还有情怀。我不知我还能坚守多久，每次冲动都会被理智战胜。站在他们的角度，我的理智，于情于理都不够仗义。

学画，则免不了分享。在朋友圈分享一下学画的过程，也是希望能够得到别人的意见，自然一路高歌。但也是因分享，我体会到人情冷暖，平时在身旁的人，大多冷漠以待，但终有"铁粉"支持。我的一位退休多年的老领导发自内心的关心与支持，让我很感动。还有一些平日里很少联系，却在默默关注我的朋友和同事。有人说，看朋友圈便知道哪个是真心待你的，有道理，但也有例外吧，人心难测，但我更愿意相信，他们都太忙了。学画就要学得随心所欲，不被任何人情世故左右，不然亵渎了爱好，亵渎了内心。

忽有一天，一个身边人说了这样一句话："经常看您画的画，画得真好！"当时我一怔，有些意外，发了多次朋友圈，都没看到她点赞，原来她并不是视而不见。

文如其人，画从内心。画皮易，画心难。虽然作品有些拙，但经常会有惊喜。虽然小有遗憾，只学了皮毛，但收获满满，作品与温情双赢，尤其是带动了朋友学画，这也使自己的内心丰盈了许多。偶尔还会飘飘然地觉得自己和艺术家之间那遥不可及的距离，又缩短了一步。有时静下心来听课，才发现原来每一环节老师都讲得如此生动、细致而专业，哪怕是平时易被忽略的小细节，都讲得细致入微。闲下来的时候，慢慢体会，发现收获的远不如一幅作品那么简单。其实学画的过程中，我也会有自己的思考，一般情况下，会提前观察作品，对自己经常出现的构图问题、笔法问题，都有所思考。于是，在有所准备的情况下，我得心应手了一些，不会在画的过程中显得慌乱，从容了许多。只是大多时候，我还会因为生活琐事陷入仓促上阵的状态，免不了犯以前经常犯的毛病，好在每次老师讲完，我会用余下的一些时间，研究一下自己的作品，再调整完善。结果两极分化，有时甚至会差点儿毁掉作品，但终究是自己观察思考后的做法，不再是简单的照猫画虎，而是融入了自己内心的理解，只是没有过硬的技术支撑。年前忙碌，让我搁置了学画，但内心总是有些不忍，也许这就是爱吧——爱不释手，爱得不忍离去。学画只是一个短暂的过程，画画却是漫长、寂寞而充实的过程，愿自己画心不泯，用笔描绘内心。

# 旧年感恩有你，新年有爱同行

2021年开年时，我换了一张自拍照，作为手机壁纸。转眼间，一年就到了最后一日。新年伊始，有太多憧憬与规划，始料不及的是，年末我竟在休假中度过。

我在雪地上滑倒，致使小腿髌骨骨折，忙碌的脚步骤停。其实有些偶然就成必然。有人说，上天看你累了，以这种方式让你休息。我只能欣然接受，虽然不情愿，但也无可奈何。

停下来时，免不了思考，忽然发现忙忙碌碌中能记下来的事越来越少。岁月催华年，风定落花香，年华几何时，唯有心长盛。可是记忆力终究败给了岁月。能记起来的只有，今年工作岗位调整，还有稀里糊涂进入国画学习班，再就是家庭的中心任务——准备迎接新生命的到来。就在这交错的氛围里穿梭，忘了自己，忘了整个世界。直到有一天重重摔了一跤，幡然醒悟，从混沌的生活状态中抽离，发现自己真的累了，累到都不知道做了些什么。

人生就像一幅未完成的画作一样，有太多遗憾，但也有太多转机与侥幸。譬如，我虽受伤了，却得以安然躺在家中，离开喧嚣的人群，独自享受属于自己的时光，这也很难得。至少从工作以来，我就没有这样心无旁骛地做自己喜欢的事情。我的绘画时间变得充裕，还能抽出空儿来学点儿篆刻。国画是我的钟爱，我从未参加过系统正规的学习，真佩服自己，竟然在忙碌的工作之余，一直坚持。一分耕耘，一分收获，当别人看到你的成果时，会忽略你的付出，其实每个人都喜欢将最亮丽的人生示人，但背后的付出只能自己承担。

至于工作，在休假前，经过努力，我在新的领域也逐渐走向正轨，还是蛮有成就感的，也带出了几个新人。也许在若干年以后，我也会感觉无愧未来。

发现年龄长了，有时活得通透了——遇事不再钻牛角尖；也简单了——做某些事不计后果。这让自己变得坦然，也惹来争议。因为通透，你就应该八面玲珑，但是用《甄嬛传》里的话说，"臣妾做不到啊"。这世上哪有八面玲珑，能做到四面通透，已属难得。

2021年，突然觉得自己老了，不知是因为忙碌还是日常过于琐碎，发现自己的记忆力大大减退，经常把东西放在某个地方就找不到，和人交谈时常卡壳断片，好希望周围的人能够谅解。我不再是那个聪明睿智的我，真的老了，需要身边人的关心。

我本女子，女子本弱，柔弱的外表掩盖着刚强的内心。凡事做到自己的极致，因此累了筋骨，也给别人造成压力。这是我的优势，也是我的软肋，也许这就是有遗憾的人生。

想起今年最遗憾的事，还是没有保护好自己，弄伤了自己，也留下了后患，好在还能保持一种乐观的心态，我想这也是热爱生活的人的必备品质吧。近日，本该简单概括小感想，但又做得颇为用心，不惜耗工耗时，只为一个交代。这骨子里的执着，不时展露出来。

2021年的最后一天，我拖着尚未康复的脚，拄着拐杖，应邀出席单位的新年联欢会，喧嚣快乐的同时，平添几分怅惘。人生不如意事十之八九，敢于直面，也算勇者。当欢乐散去，一个熟悉的小女孩站在我面前，目光中带着怜惜，问："你的脚还能走路吗？"我的泪水差点儿涌出。还好我还有理智，不该在一个孩子面前宣泄情绪，于是泪在眼里打转，终究没有掉出来。我用轻松的口气转移话题："再过一个月，我就可以走路了，不必担心。"我突然觉得这个世界还有很多温暖，不是吗？就连那么小的孩童都能看到他人的脆弱，都想用她纯净的心去安抚他人。

我是被同事送回家的，没有太过执拗，我真的需要帮助，何必拒绝别人的好意。我顺利到家，心是暖的。这种暖激励我施爱，因为爱出者爱返。

让自己快乐是一件很简单的事情，今天我做到了，我的作业圆满完成——第一次在家庭以外受到全程照顾，我比以前更坦然接受，这是我的突破。来自周围人的各种关怀，没有让我觉得不适，我反而觉得很幸福，为自己生活在这有爱的大集体中。我将带着这份爱走进2022。

新一年，我要圆满完成业余的学习任务，然后给自己放个小假。脚伤康复后，我要投入工作，业余约上几个好友小聚，聊聊天、喝喝茶、逛逛街。年初迎接我家新成员的到来，然后把自己的重心向家庭偏移，重要的是保护好自己，保护家人，爱护身边的每一个人。

新一年，希望世界更美好，我们都可以闲庭信步，让心自由飞翔！

# 今夜如歌

这是一个没有故事的夜晚，也许上天就是这样，一声叹息，在不经意间拉开的竟是美丽的帷幕。错过了五月的缘分，却在站台前邂逅了那幽怨的歌。

美丽的夜晚是一首动听的歌，只是我们缺少了发现，我们每天都和美好相逢，只是没有驻足欣赏，明天还是重复今天的故事。一部电影，没完没了；一个约定，不见不散。现在开始的不正是一个美丽的夜晚吗？那就走完今天，期待明天。

时间可以轮回，因一首歌遇上你，这是我的缘。一个梦，自由飞翔。

不是开始，也不是结束，默契在无声中增长，友情在无声中升华。相遇不是开始，也不是结束，缘分在擦肩中回眸，擦肩的时候我们停住了脚步，别忘记欣赏对方，留住美好的瞬间，留给以后的日子来回忆。

今晚如歌，如歌般美丽。若有歌声，那么每一个夜晚，愿与美丽相伴。浅遇拾光，历久弥新，我们下一个驿站再会！